N&K

# Hannelies Taschau

## *Mein letzter Mann*

Erzählungen

Nagel & Kimche

Bei «Alle Träume sind bezahlt» handelt es sich um eine Neufassung der Erzählung «Strip» aus «Strip und andere Erzählungen», München.


Umschlag von Urs Stuber
Unter Verwendung eines Bildes von Jan Balet

ISBN 3-312-00179-x

# *Mein letzter Mann*

Wir haben einen Dachs überfahren. Ich habe gezetert, als der schwere Wagen ihn kaum spürbar überrollte. Der Taxifahrer blieb unbeeindruckt. Ich räche mich, indem ich mich darauf beschränke, ihm nur noch den Weg zu weisen. Er ist sehr jung und etwas betrunken.
Wir fahren eine Weile schweigend, es beginnt zu regnen. Überraschend lege ich ihm die Hand auf die Schulter, nicht unfreundlich, aber entschieden, und verlange, daß er unverzüglich anhält. Ich zahle kleinlich, auf den Groschen genau, verabschiede mich kaum von ihm und warte darauf, daß er endlich wegfährt. Aber er wartet unschlüssig.
Ich weiß nicht, was in ihm vorgeht, vielleicht bringt ihn aus der Fassung, mich in dieser bodenlosen Einsamkeit, abseits aller menschlichen Ansiedlungen, in tiefer Nacht, in einem riesigen Waldgebiet, auszusetzen. Er wirft sich über den Beifahrersitz und fragt, ob alles in Ordnung sei,

und es ist vielleicht das Äußerste an Anteilnahme, zu dem er fähig ist. Jaja, ade, sage ich. Er rührt sich nicht. Ich füge hinzu, Lassen Sie sich nicht erwischen auf diesem Promille-Parcours… Daraufhin verschwindet er sehr schnell.

Es ist zwei Uhr in der Frühe und das erste Mal, daß ich um diese Zeit hier eintreffe. Es fällt ein warmer, senkrechter Regen. Mein kleiner Schirm mit dem Durchmesser meines Unterarms schützt immerhin meinen Kopf.
Es ist hell, wie bei Mondschein, obwohl der Himmel dicht ist. Um diese Jahreszeit wird es hier nie ganz dunkel. Ich habe in dieser Gegend nie für möglich gehaltene Formen von Dunkelheit erlebt. Man sah nicht einmal mehr die schmale Schneise Himmel zwischen den Baumkronen.
Die Ränder der Pfützen leuchten weiß, und unter weißen Schaumhaufen kullert das Wasser aus den Mooren in den See. Die Einsamkeit ist groß. Ich überlege noch einmal, ich bleibe dabei: Die Einsamkeit ist groß, sie macht mir keine angst. Es ist noch nicht lange her, da wäre es mir unvorstellbar gewesen, jetzt, hier, zu gehen. Unbewaffnet. Eher schlendernd als gehend, und wegzutauchen an der Stelle, wo die drei Latten stehen, an denen einst Briefkästen befestigt waren. Jetzt ist auch unser Briefkasten verschwunden. Vielleicht

vom Schneepflug abgerissen und zermalmt worden. Ich gehe auf der vermoosten Wiese wie auf einem fest gespannten Sprungtuch, sinke und federe ab, nicht zu glauben, daß sich unter Gras, Moos und Blumen härtester Untergrund aus Macadam verbirgt, man kann mit schwersten Fahrzeugen bis an unser Seeufer fahren. Macadam kommt von MacAdam. Jeder, der das nicht selber herausgefunden hat, glaubt, man will ihn verhöhnen.
Das Haus sehe ich erst spät, es ist ein wenig ins weißliche Licht gesunken. Wie immer rührt mich der erste Anblick. Es ist untersetzt, konventionell gebaut mit spitzem Dach, ohne jeden Zierat, funktional und verläßlich, es ist aus imprägniertem Holz, winterfest, mit dreifach verglasten Fenstern, die Fensterbänke sind aus verzinktem Blech. Es hat keine Gardinen und keine Vorhänge. Jeder kann hineinsehen. Das Innere wird von draußen bestimmt, vom Wetter, den Einfällen des Lichts und von den Jahreszeiten. Es hat einen blaugrauen Anstrich wie verwittertes Holz, es ist mit den Jahren mäusesicher geworden, durch unsere gemeinsamen unermüdlichen Anstrengungen im Aufspüren von Schlupflöchern, es ist unsichtbar und geheimnisvoll verdrahtet und versponnen, es ist gleichermaßen dicht und gut durchlüftet.

Verkaufen wollten wir beide nicht. Kein anderer sollte das Haus bekommen. Darin waren wir uns sofort einig, als feststand, daß wir uns trennen würden. Jeder von uns sollte weiterhin in diesem Haus leben können, wenn er Lust und Zeit hatte. Nur wir sollten in dieser Küche kochen und in diesen Betten schlafen. Niemand sonst. Nur du und ich. Was für Gründe wir für diesen Irrsinn haben könnten, interessierte uns nicht. Hauptsache, wir waren uns einig.

Später als mir kamen dir Bedenken: Was willst du allein da oben, Vera, du wirst nie allein hinfahren, Vera... Daß ich mich zu Tode fürchten würde, hast du prophezeit. Vor allem, wenn wir es so machen würden, wie wir es vereinbart hatten: jeder allein mit sich. Nie mit Fremden, nie mit alten oder neuen Freunden. Dir würde es ja nichts ausmachen, hast du geprahlt, im Gegenteil, eine willkommene Klausur. Aber ich? Würde ich je hinfahren? Und wenn ja, wäre es nur aus Trotz.

Also, Vera, gib nach, laß los, drängtest du, materiell wird es dein Schaden nicht sein...

Ich gab nicht nach, ich ließ nicht los. Wenn ich angekommen war, sah ich mich feindlich um. Und räumte aus. Die Schubladen, die Kästen. Ich kroch unter die Betten. Ich grub mich hinunter bis auf den Grund des Hauses. Ich begann bei

jeder Ankunft wieder von vorn. Was vorhanden und was hinzugekommen war. Am Abend meiner Ankunft wußte ich es. Nichts wäre mir verborgen geblieben, nichts, das ich nicht gefunden hätte.
Beim Notar ist unsere Vereinbarung hinterlegt: Die Absprachen über Zeitpunkt und Dauer des Aufenthalts auf dem Grundstück bedürfen keiner besonderen Vereinbarung, dies regeln die Parteien in beiderseitigem Einvernehmen, heißt es da. Beim Tod des einen fällt dem anderen die ausschließliche Verfügungsgewalt über Haus und Grundstück zu. Alle übrigen Punkte bleiben in Kraft. Sind beide tot, fällt der Besitz nicht an unseren Sohn und seinen Anhang, sondern an den Verein zur Rettung bedrohter Völker.

Den Hausschlüssel trage ich seit elf Stunden in der Manteltasche. Er ist so winzig, daß man ihn mit einem großen Anhänger auffindbar machen muß. Er ist messingfarben. Ein Wunderwerk. Ein Sicherheitsschlüssel zu einem Sicherheitsschloß in einer Sicherheitstür, die so dick ist wie die Hauswand. Sie sieht nicht so aus, kein Halunke kann sich herausgefordert fühlen und glauben, hinter ihr würden Werte verborgen. Außerdem kann er sich mit einem Steinwurf durchs Fensterglas Einlaß verschaffen, wenn er will.

Ich stecke den Schlüssel ins Schloß, verkehrt herum, wie es richtig ist. Gleichzeitig sehe ich mich um und suche die Birke. Der Schlüssel läßt sich nicht bewegen.
Es regnet nicht stark, aber ausdauernd, ich bin schon völlig durchnäßt. Wo soll ich bis zum Morgen bleiben, denke ich flüchtig und gar nicht entsetzt.
Entsetzt bin ich über etwas anderes: auf der Wiese liegt meine mächtige Birke, schon ohne Krone und ohne Äste. Ich fürchte, ohnmächtig umzusinken, der Anlaß wäre groß genug. Seit Jahren haben wir den Baum mit den Augen vermessen. Und immer blieb das Ergebnis gleich. Bei dem starken Nordwest, der hier wochenlang herrschen kann, der alles an den Fenstern vorbeijagt, die Regen- und Hagel- und Schneeböen, die Vögel, die Blätter, sogar kleine Steine, würde der Baum das Haus plattmachen. Trotz allem: du hattest kein Recht, allein zu entscheiden.
Ich stehe in der Nacht, recke die Arme zum Himmel und drohe dir. Du kannst was erleben. Das verzeih ich dir nie. Das ist ein Vertragsbruch. Das geht ans Mark. Aber meine Wut steht in keinem Verhältnis zu meiner Traurigkeit. Ich gehe in die Knie auf die nassen Betonstufen.
Es gibt keine Chance, keinen Trick, keinen Spalt, durch die man ins Haus gelangen könnte, nur

durch diese Tür. Mit diesem Schlüssel. Es sei denn, man steigt durch ein Fenster ein. Ich gehe um das Haus herum und überlege, welches Fenster sich am folgenlosesten einschlagen ließe, blicke von draußen nach drinnen und sehe nicht viel, es ist auch nicht viel zu sehen: das Innere wird von draußen bestimmt, aber diesen Vorzug haben wir erst später erkannt.
Es hat Phasen gegeben, da spitzten sich alle Diskussionen zwischen uns zu und wurden zu erbitterten Kämpfen. Auch die über die Einrichtung des Hauses. Ich liebe Improvisation, du magst es solide. Du wolltest eine gewaltige Medienbank. Ich wäre schon zufrieden gewesen mit einem fünf Meter langen, zwanzig Millimeter dicken Brett, durch das Giebelfenster mit Hilfe unserer Seilwinde gehievt, auf Erlenklötze gelegt. Wir haben uns nicht einigen können. Inzwischen beharrt keiner mehr auf seinen Vorstellungen. Das Ergebnis ist ideal: ein spartanisch möbliertes Haus.

Ich gehe herum wie jemand, der sich gar nicht entscheiden will, gehe zur Birke, die stark süß riecht. Blank und weiß liegt sie da, vom See aus war sie ein Leuchtturm, vom Land aus ein Denkmal, fast makellos weiß der Stamm. Sie leuchtete einem heim, und man verfehlte auch bei Dunkelheit nie den Steg. Ich leide noch, ich werde noch

lange leiden, wenn meine Wut längst verflogen sein wird.
Ich gehe ans Ufer, zu meinem Boot. Es liegt kieloben, auf Autoreifen. Ich werde große Mühe haben, es umzudrehen. Auf dem See gibt es schon um diese Zeit Licht- und Farbgrenzen, im Osten ist er von einem sehr diffusen Blau, das sich senkrecht als Dunst fortsetzt. Die Oberfläche wird zerdroschen vom Regen.

Die erste Zeit nach unserer Trennung ging es mir nur darum, Präsenz zu beweisen. Es war tatsächlich Trotz, der mich hertrieb. Und die Genugtuung, daß auch du allein würdest herkommen müssen. Niemand erfuhr von meinen Ängsten, wenn der Abend kam. Ich blieb draußen, bis es völlig dunkel war. Nur draußen fühlte ich mich sicher. Griffbereit die Pistole, den Sensor und das Reizgas. Nichts davon habe ich je gebraucht. Ich dachte immer häufiger, was ist schon das bißchen Unglück an den Abenden, was sind zehn Minuten Entsetzen vor dem Einschlafen gegen diese außergewöhnlichen, manchmal Stunden und Tage anhaltenden, lange entbehrten Gefühle.
Zwar ist das Leben hier für mich beschwerlich geblieben, für fast alles braucht man Körperkraft, aber die Mißgeschicke haben abgenommen. Und das Entsetzen, das Blicken in die fal-

sche Richtung, wenn ich ein Geräusch hörte, auch. Ich sah hin und sah das Erwartete. Blickte ich hinüber, stand am Ufer gegenüber ein korpulenter Mann mit breitkrempigem Hut, immer auf derselben Stelle, immer in derselben Haltung und herüberblickend. Bei starkem Wind machte er die Andeutung eines Grußes mit der Hand am Hut.
Ich bin hinübergerudert und habe ihn mir angesehen: Seitdem brauche ich viel Phantasie, um aus diesem verfaulten Erlenstumpf und dem hinter ihm wuchernden Rhododendron einen korpulenten Mann mit breitkrempigem Hut zu machen. Ich weiß aber, wo er steht und grüße zurück.
Keine Pistole. Kein Sensor. Kein Reizgas mehr in der Tasche. Die Albträume sind verschwunden.

Nach jeder Ankunft durchsuche ich das Haus, räume aus, krieche in alle Ecken. Nichts würde mir verborgen bleiben, nichts, das ich nicht finden würde, wenn es vorhanden wäre. Das ist ein Geständnis, schrieb ich tapfer, mit Datum.
Das mache ich auch, wenn ich ankomme. Nur nicht mit der gleichen Intensität wie du, obwohl das sträflicher Leichtsinn ist, du durchtriebene Schnalle… hast du darunter geschrieben.
Mit den Jahren fiel es mir immer leichter, mich an unsere Abmachung zu halten. Was zuerst nur

Trotz, Argwohn und Kontrolle war, wurde zur besten aller Lösungen.
Hier weiß ich immer sofort, wann ich glücklich bin, hier esse ich nie, was ich nicht mag und nie, wenn ich keinen Hunger habe. Das gelingt mir auch nur hier: bei kleinem Hunger zu essen, statt bis zum großen Hunger zu warten. Hier gibt es nichts, das wir nicht gewollt haben.

In der Nähe reißen große Tiere Blätter von den Bäumen und zermalmen sie zwischen stumpfen Zähnen. Ich bin müde und völlig durchnäßt. Stupide probiere ich wieder, den Schlüssel im Schloß zu bewegen, werfe mich endlich gegen die Tür und stürze ins Haus, die Tür prallt gegen die Wand der Diele.
Du hast vergessen, das Haus abzuschließen!
Ich bin ohne Häme. Ich triumphiere nicht. Ich mache nichts weiter, als mich hochzurappeln, die Haustür ins Schloß zu drücken, den Mantel und gleichzeitig die Schuhe abzuwerfen. Die Reisetasche kippe ich auf dem Fußboden aus, alles ist naß.

Das Haus hat einen eigenen Geruch, nach Erlenholzrauch und erhitztem Harz. Die vielen Hüte auf dem Garderobenständer in der Diele, nur dein Hut ist brauchbar, wasserdicht gewachst

und sitzt fest auf dem Kopf. Dein vergeblich immer wieder erhobener und niedergeschriebener Vorwurf: Vera! Kauf dir endlich selber einen, trag nicht immer meinen … Ich weiß, du kannst das nicht leiden, aber ich trage doch so gern deine Sachen, schreibe ich darunter.
Noch ein langer Blick aus der Fensterfront geradeaus, auf die gefällte Birke: wehe dir, wenn du nicht verdammt gut begründest, warum der Baum gefällt werden mußte. Ich bin gespannt darauf, was ich im Tagebuch dazu lesen werde.
Ich ziehe mich am Geländer ins Schlafzimmer, ohne mich aufzuhalten, nicht einmal den Hauptschalter kippe ich, ich brauche kein Licht.
Im Schlafzimmer der Geruch aus den Lavendelsäckchen. Dein Bett bezogen, meins nicht. Dein Schlafanzug im Bett. Ich öffne die Fenster, wie immer begeistert über ihre dauerhaft leichte Gängigkeit, ziehe deinen Schlafanzug an, krieche in dein Bett, unter deine Decke, wie ich das früher immer gemacht habe, wenn du auf Reisen warst, und schlafe sofort ein.

Ein unträumbarer Tag beginnt. Plötzlich ist der Sommer ausgebrochen. Nicht zu warm, nicht zu kalt und nicht zu windig. Aber windig genug, daß die Mücken in andere Richtungen geweht werden. Die Wiese dampft.

Farben schwimmen über den See, blauschwarz ist die Spiegelung des Tannenwaldes. An anderer Stelle flattert das Wasser nach oben, wie ein Stück ungesäumter Seide. Oder es eilen Bataillone mit blitzenden Bajonetten in Richtung Süden. Gegen Abend, wenn der Wind gedreht hat, eilen sie wieder zurück.
Inzwischen weiß ich, daß in die Birkenkrone der Blitz eingeschlagen ist und den oberen Teil des Stammes aufgerissen hat. Und überzeugend beschreibst du im Tagebuch das grauenhafte Gewitter und deine Sorge, daß der Baum das Haus plattmachen würde.

Dieses Tagebuch ist seit unserer Trennung das einzige Verständigungsmittel zwischen uns. Keine Telefonate. Keine Briefe. Eine langwierige Methode, um einfachste Fragen zu klären. Begonnen haben die Eintragungen in äußerster Strenge und Knappheit: je verletzter, desto förmlicher waren wir. Einer informierte den anderen über Dauer der Anwesenheit, ungewöhnliche Entdeckungen und Beobachtungen, notierte, was er erledigt hatte und was noch zu erledigen war und wann man wiederzukommen gedachte. Nur ich fügte immer noch an, wie wunderbar das Wetter wieder einmal gewesen war.
Notizen von deinem letzten Aufenthalt: Ein Sper-

ber ist gegen das große Fenster geflogen. Willst du ihn haben und ausstopfen lassen? Ich nicht. Er liegt tiefgefroren im Gemüsefach. Das Wetter ist, wie ich es gewöhnt bin und nicht erwähnenswert. Solltest du wieder mehr Glück mit dem Wetter haben? Ich fange allmählich an zu glauben, du lügst. Der Wasserstand ist niedrig. Abends ist es kalt. Ich muß heizen, mit dem kleinen eisernen Wunder, das mit zwei Holzscheiten das ganze Haus aufwärmt ...

Alles hat seinen Platz, jeder findet alles wieder. Das Fernglas, das Vergrößerungsglas am roten Band zum Umhängen. Wenn ich durch die Wiesen gehe und tief unten in den Trichtern der Ackerwinden Mücken ertrinken sehe.
Ich mache mir Brennesselspitzen mit Knoblauch und Sauerrahm, dazu Weißbrot, Wein ... notiere ich, damit du neidisch wirst. Ich höre Grass' Rede vor dem Club of Rome. Keine Geduld in diesem Augenblick, kein Grund, zuzuhören. Im Haus kann man nicht sein bei solchem Wetter. Arbeiten kann man nur frühmorgens ein paar Stunden, oder im Schatten.
Dieses Wetter kann man nicht erfinden. Es hatte um acht Uhr am Morgen schon 27 Grad, um zwölf Uhr 32 Grad. Der See hat jetzt drei Brisen, zu jeder Tageszeit eine. Und zwei Farben. Mor-

gens ist er blau, nachmittags schwarz. Spuren vom Wind wie Schlinderbahnen auf dem Wasser. Abends schwappen messingfarbene Platten auf dem See. Insektenschwärme bei den Goldruten und Himbeeren, sie steigen und sinken wie große Jo-Jo-Bälle. Die Wetterseiten der Baumstämme scheinen rosa. Ein Schwarm wilder Bienen ist in das Spechtloch der Silberpappel eingedrungen.

Blättern im Tagebuch, Jahre zurück:
Du: Fanta und Cola satt für den kommenden Sommer. Damit wir etwas anzubieten haben, wenn Kinder kommen. Auch deine Weinmarke habe ich gekauft.
Ich: Das ist nicht meine Weinmarke. Trink ihn alleine.
Du: Was blüht auf dem Beet so blau?
Ich: Lavendel. Schmeckt auch auf Wurst. Aber schnorr nicht nur. Jäte auch mal Unkraut.
Er: Brauchen wir nicht endlich Vorhänge?
Ich: Ich habe nichts zu verbergen.

Du hast vergessen, das Haus abzuschließen, will ich notieren. Es hat eine Zeit gegeben, da hätte ich triumphiert: was für ein Bonus für mich. Was darf ich mir dafür alles herausnehmen? Mir wäre das nicht passiert. Ich würde von werweißwoher zurückkehren, wenn sich auch nur der leiseste

Zweifel in mir regen würde, ob ich die Haustür abgeschlossen habe. Stell dir vor, hätte ich wahrscheinlich geschrieben, wir für Wochen oder Monate abwesend. Regen, Frost, Schnee, Tiere, Halunken wären ins Haus gedrungen. Ich brauche das wohl nicht noch auszumalen, längst wird dir der Schreck in den Gliedern stecken ... Vielleicht werde ich es überhaupt nicht aufschreiben.

Der Brunnen ist leer. Wir sollten eine Seewasserpumpe installieren. Diese trockenen Sommer werden sich ja häufen. Selbst im Februar gab es hier keinen Schnee ... Ich schreibe die vier Sätze und werfe mich über den Tisch während der dritten Brise, mit Armen, Händen und Kinn halte ich, was ich halten kann, die Zeichenblätter, die Notizen, die Vase, die Kanne. Mein Hut weht davon.

Da, wo die Sonne auf das Wasser prallt, wölbt sich der See. Am Ufer, im Sand, kriechen Pflanzen. Blüten und Blätter ähneln Veilchen.
Zugegeben, ich rede zuviel vom Hiersein. Schließlich war es einmal das Gewöhnlichste auf der Welt. Und alles muß ich dir mitteilen. Ich kann nur hoffen, daß dir meine Hymnen schmeicheln, weil dies hier auch einmal deine Entscheidung war.

Das Wohlbefinden steigert sich im Laufe des Tages, man ist berauscht und leichtsinnig und ganz in Anspruch genommen von diesem Gefühl. Stillhalten! Sich nicht gefährden! Nichts anderes tun als abwarten, denn es verklingt.
Meine Frage: ob es dir auch so geht, ob du das kennst.
Deine Antwort: Ich habe hier noch nie so ein Wetter gehabt wie du. Und ich habe den Verdacht, du hast es dir erfunden.
Wieder habe ich meine Brille mitzunehmen vergessen. Ich bediene mich einer deiner Brillen. Dein Eintrag aus früheren Jahren: Meine Brille stinkt nach Fisch, du hast sie mit Fischhänden angefaßt! Gönn dir eine zweite Brille, verdammt, die du hier stationierst.
Daß unser Briefkasten verschwunden ist und ob wir überhaupt einen neuen wollen, und daß mein Boot in diesem Winter aus den Fugen geraten ist, weil ich es nicht genug gepflegt habe, daß ich Mahagonileisten besorgt habe und einen phantastischen Lack, der uns überleben wird, und daß ich jemanden suche, der mein Boot repariert – das mußt du alles wissen. Vielleicht geschieht das Wunder, und du schreibst dazu, Ich repariere dein Boot …
Wenn ich tot bin, will ich, daß mein Boot versenkt wird. Aber das weißt du.

Am Ufer gegenüber erscheinen ein Mann, eine Frau und ein Junge. Der Junge trägt die signalrote Schwimmweste wie ein Joch. Der Mann diskutiert mit der Frau. Endlich stopft sie ihr Kleid in die Unterhose, sie wirkt wie eine Spielverderberin. Der Mann schwimmt davon. Sie tappt am Ufer durch das seichte Wasser. Sie sieht ihm nach, ruft hin und wieder etwas, rupft ihr Kleid wieder aus der Unterhose und verschwindet im Wald. Der Junge sitzt im warmen Wasser, aufmerksam dem Mann zusehend. Ich gehe weg, ohne wissen zu wollen, wie die Geschichte ausgeht.

Wir haben lange gebraucht. Beinah war es zu spät.
Ganz allmählich, mit den Jahren, tauen unsere Mitteilungen, die einer dem anderen hinterläßt, auf. Es gelingen schon mal ein Ratschlag, eine Bitte, eine Beobachtung, ein Hinweis auf die eigene Befindlichkeit während des Hierseins, der Ton lockert sich.
Ich: Bring endlich das Außenthermometer an einer leichter zugänglichen Stelle an!
Ich: Der Mülleimer stinkt! Gras absorbiert Gerüche. Also Gras in den Eimer! Versuch es doch 1 einziges Mal!
Ich: Im Elektrokasten war eine mumifizierte

Maus! Das bedeutet, wir haben das letzte Schlupfloch gefunden! Applaus!
Du: Wie macht man einen Backofen sauber?
Ich: Selber.
Du: Ich kitte nächstes Mal das Fenster im Bad. Weißt du noch andere Stellen?
Ich: Bloß kein Kitt! In Kitt ist Leinöl. Ein Fressen für die Vögel.
Du: Ich besorge Silikon mit Haft-Additiv.
Du: Sind deine Füße noch so schön und so fett? Sind sie immer noch das einzig Fette an dir? …

Der Junge kommt allein ans Ufer. Den Kopf gesenkt, sehe ich durch das Flechtwerk meiner breiten Strohhutkrempe, was vorgeht. Er schwimmt im Kreis nahe am Ufer herum, er schlägt mit den Armen, wie ein Ertrinkender oder vor Lust.

Ich bekomme manchmal Besuch. Zuletzt kam ein Amerikaner in einem Kajak. Er wollte wissen, wo er sich befinde. Ich zeigte es ihm auf der Karte. Er sucht seine Vorfahren. Er wollte wiederkommen. Ich bat ihn, nicht wiederzukommen und servierte ihm galant Eiskaffee und von dir gekauftes Pistazieneis.
Ich schreibe das auf, damit du weißt, wo es geblieben ist.

Mit dieser falschen Brille sehe ich alles etwas verzerrt. Und einen kleinen untersetzten Dampfer, schwarz mit weißen Aufbauten, der in unserem Schilf verschwindet. Und Tiger, die sich an unsere Strandkamille pressen. Ich grüße hinüber zu dem Mann mit dem Hut. Ich liege auf dem Rükken und lasse mich treiben, so weit raus, bis die Kälte an den tiefsten Stellen des Sees nach mir schnappt.

Wir haben ein Geheimnis miteinander. Jeder kennt Menschen, mit denen er ein Geheimnis haben könnte. Jeder sollte mit jedem jeweils ein Geheimnis haben. Und es pflegen. Die Welt wäre überzogen mit einem Gespinst dichter Beziehungen.

Ich: Wollen wir hier ein Teleskop errichten? Jupitermonde einfangen?

Ein paar Männer arbeiten gegenüber am Steinwall, auf dem an heißen Tagen immer die Kühe stehen.

Fühle ich mehr als früher? Ich finde nichts, das mich abbringen könnte von meinen guten Gefühlen. Dazu gehört auch die latente Schwermut, die daher kommt, daß man allein ist.

Mein Schatten, brandrot und lodernd auf dem Grunde des Sees. Wie schön das alles in seiner steinalten Gewöhnlichkeit. Ich sehe keine Notwendigkeit, zu schwimmen. Dieses immer länger dauernde Treiben auf dem Wasser. Nun auch schon nachts. Wieder habe ich mehr Glück mit dem Wetter, notierte ich. Wie können wir das ändern? Ganz einfach, notiertest du, nächsten Juni bin ich dran…

Ich: Ich auch!

Du: Du warst letztes Jahr.

Ich: Aber nur zwei Wochen.

Du: Hättest du mich das wissen lassen, wäre ich länger geblieben. Nicht mit mir!

Ich: Mit mir auch nicht!

Du: Also, wer zuerst da ist…?

Ich: Einverstanden. Übrigens: Du wärest mir willkommen.

Du: Und du mir erst…

So entwickelt sich unsere Beziehung allmählich über Jahrzehnte wieder dahin, daß einer mit dem anderen rechnet. Ich jedenfalls rechne jeden Moment mit dir.

Die Kühe haben ein Geländer bekommen. Wie sie es anstellen, sich auf dem schmalen Wall zu drehen und wieder auf das Festland zurückzukehren, weiß ich bis heute nicht. Ich harke den seichten Grund des Ufers auf. Die Seerosen gab es im vergangenen Jahr noch nicht. Sie dürfen bleiben. Schachtelhalm, Schilf und Wasserstern müssen weg. Dazu wirst du nicht befragt, das bestimme ich. Die dichtstehenden Zinken meiner Harke erfassen alles, was Wurzeln hat. Es schwimmt auf der Oberfläche und treibt schnell woanders hin. Eine Spinne schleppt eine knallrote Milbe am Bein mit sich aus dem Wasser. Die Kühe drängen sich aneinander. Sie leuchten in der Abendsonne, wie verzaubert. Auf dem Wasser schwappen die messingfarbenen Platten, wie ich es kenne.

Der Junge legt die signalrote Schwimmweste ab und geht ins Wasser. Ich mache mir Sorgen. Aber ich finde es richtig, was er macht. Und obwohl ich mir Sorgen mache, gehe ich weg.

## *Normalerweise vermeidet es Brinkmann*

Er geht an das Fenster: daß sie im Laufschritt die Straße überqueren könnte, mit dem Schirm Laternen läutend. Oder daß sie eben in diesem Moment die Haustür erreicht haben könnte. Und klingeln würde.
Brinkmann nimmt den Blick zurück und sieht zur Baustelle hinüber. Die Arbeiter, überwiegend Ostländer, wirken hinfällig. Sie arbeiten mit zu vielen Handgriffen. Sie verletzen sich zu oft. Sie schreien weiter, obwohl die Motoren nicht mehr laufen. So schnell können sie sich nicht umstellen. Sie stehen vor der Baubude hintereinander und warten, bis sie an der Reihe sind. Nichts können sie überzeugender, als sich einreihen. Geduldig. Nicht lesend. Allenfalls trinkend. Es gibt nur vier Waschstellen. Sie könnten das ändern, aber sie ändern es nicht. Den Chef interessiert es nicht, weil das Waschen außerhalb der Arbeitszeit geschieht.

Sie haben alle die gleichen olivfarbenen Handtücher um den Hals hängen. Sie waschen sich mit viel Seife. Gründlicher als gestern und vorgestern. Weil Freitag ist. Sie schnallen ihre großen Uhren um die Handgelenke, klopfen ihre Hosen ab, drehen sich eine Zigarette und trollen sich in die Container. Später wird man sie in kleinen Gruppen durch die Stadt schlendern sehen. Mädchen werden bezahlt. Eine Freundin hat hier keiner. Die meisten haben eine Ehefrau in der Heimat und werden in nächster Zeit Vater.
Der Chef hatte Skrupel, als Brinkmann ihm sagte, Die Arbeiter wollen keine Zimmer, die wollen sparen, sparen, sogar Zelte wären ihnen recht. Der Chef stellte ihnen Container hin, er dachte nicht nur an seinen Ruf, er wollte ihnen auch eine Lektion in Menschenwürde erteilen. Die Container können sich sehen lassen, was die Arbeiter innen daraus gemacht haben, ist nicht seine Sache.
Brinkmann läßt das Fenster offen, der Lärm von der Baustelle hat aufgehört. Er zieht nur die Gardine vor. Er gießt sich einen großen Gin ein, stellt eine angebrochene Flasche Schweppes dazu und setzt sich an den Schreibtisch.

Hauptsache, sie kommt. Er nimmt einen großen Schluck Gin, die Hände legt er, wie gewöhnlich,

auf den Magen. Eine Geste, für die er zu jung ist.
Schade, daß sie so wenig Ehrgeiz hat. Sie könnte etwas aus sich machen. Dolmetscherin. Auslandskorrespondentin. Fremdsprachen liegen ihr doch. Da macht sie diese Gelegenheitsjobs, schreibt hier ein paar Briefe, gibt da eine Lektion in Französisch.
Wenn sie jetzt käme. Er wäscht sich die feuchten Hände.
Er könnte die Briefe vorschreiben. Er diktiert ihr nicht gern in den PC. Sie läßt Brinkmann nie aus den Augen, wenn er zögert. Sie lehnt sich dann zurück und macht etwas anderes, betrachtet ihre Fingernägel oder zupft Flusen vom Pullover.
Er wird sie heute einladen. Zum Essen. Hinterher könnten sie tanzen gehen. Was sie will. Er trinkt und rülpst und verzieht das Gesicht.

Hier gefällt es mir, hat sie gesagt und sich umgesehen. Das ist doch was anderes als meine Bude. Sie hat alle Türen aufgerissen, den Elektroherd ein- und ausgeschaltet, den Deckel des stählernen Mülleimers pendeln lassen, die Dusche aufgedreht und prasseln lassen.
Sie kann arbeiten, sich konzentrieren wie ein Mann. Sie schreibt, eine Falte über der Nase, sie wühlt in den Haaren, wenn ihr etwas nicht klar

ist. Sie macht Vorschläge. Sie weiß sofort, um was es geht.

Er trinkt vorsichtiger, behält den Schluck im Mund und wärmt ihn an. Gin dieser Qualität gehört nicht in den Kühlschrank. Er spürt den Alkohol in den Knien. Sein Herz spürt er auch. Er drückt die Knie gegen die Schreibtischkante. Vielleicht hat sie es vergessen. Hat Besuch bekommen. Sich verschlafen. Muß noch einkaufen. Aber es ist Freitag. Freitags ist sie immer gekommen. Unaufgefordert. Sonst wäre es leichter zu ertragen. Er stellt entsetzt fest, daß er anfängt, sich an ihr Kommen zu gewöhnen.
Er schluckt und hält das Glas mit den Zähnen, er kippt den Rest, bis die Oberlippe vom Gin berührt wird. Sie fängt an zu prickeln, sie schwillt ein wenig an, ein angenehmes Gefühl. Er wischt über die Schreibtischplatte, es bleiben Spuren.
Er hört es gern, wenn sie in seiner Wohnung hantiert. Sie staubt sogar die Garderobenhaken ab. Sie hat den Kühlschrank auf die richtige Temperatur eingestellt. Blumenvasen gekauft. Angefangen hatte es damit, daß sie die Aschenbecher ausleerte, bevor sie ging. Es kam immer mehr hinzu.

Sie ißt so langsam. Und so wenig. Sicher hat sie schon Magenverengung. Manchmal sitzt sie zwei

Stunden vor ihrem Teller. Er sitzt dabei. Sie rühmt seine Geduld. Ihre Dankbarkeit macht ihn großzügig. Sie soll bei ihm lernen. Ob sie schon einmal Austern gegessen habe? Meine Zeit, noch nie. Ob sie sie probieren wolle. Jaja, aber die kleinste Portion. Sie hat dann über dem Teller gesessen, sie hat entsetzt zugesehen, wie er sorgfältig zwei Tropfen Zitronensaft auf dieses seltsame einzellige Lebewesen fallen ließ und wie es zuckte. Das muß so sein, sagte er, ein Zeichen, daß die Auster noch lebt. Brinkmann winkte dem Kellner. Nicht jedermanns Sache, sagte er und ließ den Teller wegnehmen. Wie dankbar sie ihn angesehen hatte.

Sie erzählt wenig von sich. Aber das gefällt ihm. Er könnte mit ihr ins Casino. Er holt sich noch einen Gin, wärmt das Glas zwischen den Händen. Sie dürfte setzen, was sie will. Er behält den Schluck im Mund, es brennt an den Schleimhäuten. Er knöpft das Hemd auf. Das Herz spürt er in den Fingerspitzen. Die Hände sind schon wieder feucht. Er bewegt sie vor seinen Augen: sommersprossig, rothaarig.

Sie wollte Brinkmann wohl zeigen, daß sie nichts mit dem Jockey hat. Er sagte aber, wenn sie sich mit ihm verabredet habe, müsse sie auch hinge-

hen. Sie sagte, sie habe keine Lust. Später sind sie zusammen hingegangen, sie hat ihm den Jockey vorgestellt, einen schlanken, biegsamen Jungen. Würde man Brinkmann fragen, wen er netter fände, würde er sagen, den Tennislehrer. Der ist lustiger. Jean heißt er oder Claude. Der Jockey kann überhaupt nicht schwimmen. Der Tennislehrer kann schwimmen, aber nicht Turmspringen. Brinkmann kann schwimmen und springen. Alles kann er gut. Und den Moment, wenn die Zehen noch die Illusion des Drucks gegen das Sprungbrett spüren, der Körper aber schon fliegt, diesen Moment der Todesangst hat er schon immer gemocht. Seine Badehose hat er sich etwas kosten lassen. Gute Paßform, nicht zu klein und stramm.
Er trägt dem Tennislehrer nach, daß der zu ihm gesagt hat, Sie müssen aus dem Wasser, Sie haben blaue Lippen.

Sie kann im Chapeaurouge sein. Das ist doch möglich. Daß sie es Brinkmann heimzahlen will, daß er sich um sie bemühen soll. Er schiebt die Hände in die Achselhöhlen, das Hemd ist naß. Er wäscht sich und zieht ein frisches Hemd an, das andere läßt er am Boden liegen, wie er sich das angewöhnt hat, seit sie hier Ordnung macht.
Er war getaucht, sie war hinter ihm herge-

schwommen und auf seinem Rücken geritten. Als sie zusammen auftauchten, hatte der Tennislehrer gesagt, Sie müssen aus dem Wasser, Sie haben blaue Lippen.

Brinkmann hatte nicht für möglich gehalten, daß sie sich überhaupt nicht zierte. Das ist eine gute Idee, hatte sie gesagt und war ins Badezimmer gegangen. Er stand in der Nähe. Sie summte. Es brach auch nicht ab, als sie den Pullover über den Kopf zerrte. Vom Rock wußte er nichts. Je mehr der Abstand zu ihrer Haut sich verringerte, desto deutlicher wurden die Geräusche.
Er bekam einen Schluckauf. Er hörte das saugende Tappen ihrer Füße. Dann prasselte Wasser, sie ächzte behaglich. Er ging ins Wohnzimmer und tat irgend etwas. Sie kam völlig angekleidet wieder aus dem Bad. Es traf ihn wie ein Schock.

Er legt das Glas auf den Schreibtisch, es rollt davon, er behält es im Auge, es wird gebremst von einem Aktendeckel. Er will das Glas wiederhaben, stößt an den Aktendeckel, das Glas rollt darüber weg und zerplatzt auf dem Fußboden.
Er hat es plötzlich eilig. Er schlägt auf die Gesäßtasche, Portemonnaie ist da, Autoschlüssel ist da. Im Hinausgehen reißt er die Jacke vom Haken,

vergißt, das Licht zu löschen und zieht die Tür nur ins Schloß. Den Fahrstuhl benutzt er nicht, er denkt nicht daran. Er stützt sich auf das Geländer, die Knie knicken ein. Wo wohnt sie überhaupt. Er drückt die Knie wieder durch, läßt sich fallen von einer Stufe zur anderen. Auf der Straße fröstelt er augenblicklich. Er knöpft die Jacke zu, stellt den Kragen hoch. Und fängt an zu rennen.

Die Dame hinter der Bar des Chapeaurouge lächelt vertraulich und klappt seinen Jackenkragen herunter. Er setzt sich ihr gegenüber und sieht sich nicht um. Er bestellt Kaffee und Kognak. Ihm gegenüber steht der Jockey. Er grüßt, ohne zu lächeln. Brinkmann gefällt das, weil er das nicht kann, grüßen, ohne zu lächeln. Aber wenigstens geht Brinkmann nicht zum Jockey, sondern läßt ihn kommen. Geht es Teja wieder besser? fragt er. Der Jockey sagt, Und ob, wenn die losgeht, zieht sie einem schon wieder den Trensenring krumm. Was ist ein Fuller, will Brinkmann wissen. Ein Pferd, antwortet der Jockey unlustig, das einem Reiter die Hand nimmt.
Sie trinken und schweigen, jeder hat einen Ellbogen auf dem Tresen liegen. Brinkmann will nicht fragen, wo sie ist, er glaubt, er komme drüber hin-

weg. Haben Sie ein Haus? fragt er. Ihre Eltern? Und ist der Dachstuhl ausgebaut? Überall diese großen ungenutzten Dachböden …

Hören Sie, sagt der Jockey, wir sind spät dran, die feiern schon seit zwei Stunden bei Jean. Es ist nicht weit. Trinken wir aus und gehen. Brinkmann fragt sich, ob Jean derselbe ist, den er als Claude kennt. Er hofft, sie dort zu treffen.

Die Mädchen aus dem Alpamare sind auch da. Sie scheinen sich mit dem Tennislehrer, den sie Claude nennen, einig geworden zu sein. Entweder zu dritt, oder es läuft gar nichts.

Brinkmann sieht sich um. Er findet sie nicht, vielleicht ist sie nicht da.

Gehen die Geschäfte nicht blendend, nachdem die Stadt Zuschüsse zahlt für den Ausbau von Dachstühlen? fragt Jean, der auch Jean Claude gerufen wird. Brinkmann sagt, Es passiert viel zuwenig. Würden alle Hausbesitzer dazu verpflichtet, ihre Dachstühle auszubauen, es gäbe keine Wohnungsnot.

Der Fernseher zeigt die Pause während eines Boxkampfs. Man sieht den Betreuer, der das Hosengummi vom Magen des Boxers fernhält, ihm Luft in die Hose fächelt und ihn in einen roten Schwamm beißen läßt, so oft er will.

Sie kommt ins Zimmer, sie hat keine Schuhe an den Füßen. Sie neigt sich nach vorn mit ausge-

breiteten Armen. Claude fängt sie auf und tanzt mit ihr.
Die beiden beleidigten Mädchen wollen sich um den Jockey kümmern. Der hält sie sich vom Leib, indem er allein tanzt, mit geschlossenen Augen, und jeden wegstößt, der sich ihm nähert. Eins der Mädchen setzt sich auf Brinkmanns Schoß. Er läßt es zwischen seinen Beinen auf den Teppich rutschen und tanzt auch, mit geschlossenen Augen.
Wieso hat sie keine Schuhe an. Jemand legt die Arme um seinen Hals. Er wünscht sich sehr, daß sie es ist und zögert eine Weile, bevor er die Augen wieder öffnet. Sie ist betrunken, sie klopft auf das Zifferblatt seiner Uhr, Claude prostet ihr zu und reicht ihr ein Glas. Brinkmann nimmt es ihr weg. Sie fällt auf die Couch, zwischen Claude und Brinkmann. Claude küßt sie federleicht. Brinkmann bedauert, daß ihm das nicht eingefallen ist, und er beginnt, ihre Fingerspitzen zu küssen. Sie wird aufmerksam auf Claude und entzieht sich Brinkmann. Er kniet sich hin und küßt ihre Füße. Erst triumphiert sie, dann weint sie.
Wo haben Sie Ihre Schuhe, fragt Brinkmann. Sie zieht die Schultern hoch, trinkt, es tropft auf Brinkmanns Hose. Brinkmann nimmt ihr wieder das Glas weg. Sie schließt die Augen, breitet die Arme aus und beginnt einmal mit der rechten,

einmal mit der linken Hand, Hemden aufzuknöpfen.
Brinkmann packt sie, nur dem Jockey zublinzelnd, und trägt sie aus der Wohnung.
Sie schläft, und manchmal kichert sie. Er kann sie nicht die ganze Zeit tragen, er ist erschöpft wie nie.
Die Straße ist trocken, es ist nicht besonders kalt, außerdem ist es nicht weit bis zu seiner Wohnung. Sie taumelt, fast schlafend, barfuß, neben ihm her. Sein Arm liegt leicht auf ihrer Kehle und stützt das Kinn, so bleibt sie senkrecht, ihr Kopf bleibt oben. Es sieht aus, als hätte er sie im Würgegriff.

Sie hat schmutzige Füße. Er will, daß sie sich wäscht. Er bringt sie ins Bad, hilft ihr beim Ausziehen und lehnt sie an die Wand unter der Dusche. Sie rutscht an der Wand abwärts. Er zieht sich aus, fesselt ihre Handgelenke mit einem weichen Schal und legt ihre Arme wie eine Schlinge um seinen Hals. Er drückt sie fest an sich und wäscht ihre Rückseite, dann hängt er sie ab, dreht sie, legt wieder ihre Arme um seinen Hals und wäscht ihre Vorderseite, ihre kurzen Haare. Er trägt sie ins Schlafzimmer und legt sie auf sein Bett. Er trocknet sie gründlich ab und betrachtet sie noch einmal genau. Dann bekleidet er sie mit seinem neuen Schlafanzug aus schwarzem Batist, deckt sie zu, holt sich noch ein Glas Gin und legt sich neben sie. Ehe er sich vollends betrinkt, denkt er, pathetisch wie nie, das Sterben setzt lange vor dem Tod ein.

Er wird wach von der Sonne. Der Raum ist aufgeräumt. Kein Staub mehr auf der Schreibtischplatte. Die Scherben und das Hemd sind vom Fußboden verschwunden. Der schwarze Schlafanzug hängt ordentlich über dem Stuhl. Er tastet nach dem Radio, ohne den Kopf zu bewegen. Flüchtig beschäftigt ihn, daß sie ohne Schuhe weggegangen ist. Er dreht am Radioknopf und wartet, daß endlich Musik kommt, eine Stimme, irgendwas.

## *Doppen peitschen*

Zum Beispiel die Meise, sagt Onkel Theddor. Die Meise ist unersättlich. Sie frißt vom Morgen bis zum Abend. Und wenn sie nicht mehr fressen kann, macht sie wenigstens tot.
Ich will die Sommerburgstraße nicht überqueren. Auf der Mitte der Straße kehre ich um und renne zurück. Großmutter schreit. Ich hätte Prügel verdient, schreit sie, aber sie kann mich nicht schlagen.
Die Sommerburgstraße trennt die Margarethenhöhe in zwei ungleiche Teile, wie ein Fluß. So kenne ich das von Bildern. Und auf den Bildern finde ich nie genug Brücken, um beide Teile miteinander zu verbinden. Bin ich auf dieser Seite der Sommerburgstraße, bin ich in Sicherheit.
Sie ist breiter als alle Straßen, die ich kenne. Die Fahrbahn ist aus Basaltsteinen, die bei Regen aussehen wie Trockenpflaumen. Sie sprühen Funken, wenn die Jungen ihre Doppen peitschen.
Der Sommerburgwald und die am Waldrand ent-

lang auf einem roten Weg spazierenden Leute sind *drüben*. Der Kindergarten auch. Ich will nicht in den Kindergarten. Wenn ich in den Kindergarten gehe, muß ich die Sommerburgstraße überqueren. Das ist Trennung. Ich bin nicht sicher, ob ich wieder nach Hause zurückkomme. *Drüben* ist auch das rote Schotterbett mit Schienen. Die Straßenbahn ist *drüben*. Wenn ich ihr Kreischen höre, ist sie am Brückenkopf in die letzte Kurve gesprungen. Zur Margarethenhöhe fährt die 7.

Unsere fetten, kleinen Häuser, unsere Vorgärten mit Rondells, schönen Blumen, Farn, Rotdorn und Zierapfel sind *hier*. Die Bretterzäune, weiß gestrichen und mit Toren, die Kinder nicht öffnen dürfen: *hier*.

Die Sommerburgstraße führt als einzige Straße von der Margarethenhöhe in die Ferne. Oben sollen Felder sein und hinter den Feldern wieder Städte. Ich will das nicht genauer wissen. Dorthin fährt die Straßenbahn nicht. Meine Welt ist das, was ich sehe. Bergab geht es in «die Stadt», unsere Haltestelle heißt Freiheit.

Wenn wir aus der «Stadt» zurückkommen, den Pilotyberg rauschend hinunter, auf die über das Mühlenbachtal geschlagene breite und lange Sandsteinbrücke zu, die Aussichtskanzeln hat wie kleine Balkons, bin ich fast gerettet. Ich mache nicht mehr die Augen zu, sondern sehe mit Lust und Grauen, wie der Brückenkopf, das mächtige prächtige querstehende Haus, das wie ein verläßlicher Riegel vor die Margarethenhöhe geschoben ist, auf uns zurast. Und kurz bevor wir vernichtet und begraben werden unter Dächern und Mauern, wirklich kurz vorher, springt die Straßenbahn kreischend in die Kurve, alles bleibt unversehrt links liegen und hinter uns zurück.

Die Margarethenhöhe öffnet sich dem freundlichen Besucher durch einen großen und zwei kleine Torbogen. Von der Straße führt eine Treppe hinauf für die, die zu Fuß zu uns kommen, und rechts und links zwei steile Straßen für Fahrzeuge. Die Fußgänger gehen rechts und links durch die kleineren Tore. Durch das mittlere Tor wird nur gefahren. Rechts und links der Treppe in den alten Rhododendren tröpfeln Krötenbrunnen.

Alle anderen Straßen sind schmaler als die Sommerburgstraße und bleiben auf der Margarethenhöhe. Verlaufen kann ich mich nicht. Wenn ich nicht mehr weiß, wo ich bin, frage ich niemanden. Ich gehe weiter und komme immer an eine Stelle, die ich wiedererkenne.

Der Weg zur Schule ist schöner als der Weg zum

Kindergarten, außerdem ist die Schule hier und der Kindergarten drüben. Manchmal tue ich so, als ginge ich schon zur Schule. Den Tiefen Weg hinauf zum Kleinen Markt. Er ist schön möbliert mit dem Schatzgräberbrunnen und den Markthallen, unter den Säulen stehen Tische und Stühle.

Die Häuser am Markt haben Balkone mit Dächern, Säulen, runden Bögen und weißen Geländern. Man kann aus seiner Tür auf den Balkon treten und den Nachbarn grüßen. Manchmal frühstücken alle gleichzeitig, jeder bleibt aber auf seinem Balkon. Über die Geländer stürzen grüne Ranken mit blauen Blüten.

Ich überquere den Platz, wie ich unser Wohnzimmer durchquere. Ich habe keine Angst. Ich steige auf Händen und Füßen die Treppe zum Konsum hinauf, gehe ein paar Schritte auf dem Hohen Weg und tauche in den Laubenweg, die Lindenkronen schlagen über mir zusammen, ich schwimme in leuchtendem Grün zum Giebelplatz. Dort ist das Tor zum Spielplatz, zum Lupinenfeld und zu Lührmanns Wald. Der Giebelplatz hat steinerne Nischen mit steinernen Tischen und Bänken, mit runden Fensterlöchern, und steinerne Fasanen stehen herum. Ich gehe ein paar Schritte auf der Waldlehne unter eckig geschnittenen Bäumen, die Stämme schälen sich.

Gegenüber vom Hauxplatz mit der schwarzen blanken Frau, die nackt ist bis auf eine Halbschürze, aus der sie sät, ist die Schule. Die Schule gefällt mir nicht. Aber das Bild im Treppenhaus. Es ist aus vielen kleinen Steinen geklebt. Wenn man weit genug weg steht, kann man den Riesen und den Jungen erkennen. Der Zeigefinger des Jungen berührt einen Schwalbenflügel.
In der Nähe der Schule hat die Sommerburg gestanden. Es interessiert mich nicht, man sieht ja nichts. Es gibt nicht mal Verliese. Die Sagen von der Sommerburg gefallen mir auch nicht. Schon gar nicht die von der schönen Frau aus dem Heiligen Land, die auf der Sommerburg an Heimweh gestorben sein soll. Ich weiß, was das ist und würde nie daran sterben.

Meine Hand wird in die Zange genommen, und ich werde über die Sommerburgstraße geschleppt. Drüben ist alles anders. Wir gehen an einem endlos langen, hohen Haus vorbei. Es hat viele Türen. Sie sehen aber alle gleich aus. Das Haus hat viele Stockwerke, es hat große Fensterscheiben und keine Fensterläden. Es hat keine Giebel mit Lidern aus Schiefer und halbrund blinzelnden Fenstern.
Im Kindergarten erwartet mich Tante Hedwig, und Großmutter wartet so lange, bis sich die Tür

hinter mir geschlossen hat. Hinter dem Kindergarten beginnt das Nachtigallental.
Ehe ich Amseln und Meisen unterscheiden kann, kenne ich Nachtigallen.

Unsere Häuser sind wasserdicht, warm im Winter und kühl im Sommer. Nichts ist lange kaputt. Alles wird sofort repariert. Durch die Mauern und Fenster und Dächer kommt keine Maus.
Jedes Haus ist anders, aber man kann erkennen, daß die Häuser zusammengehören. Unsere Haustür hat grüne Planken und hunderttausend kleine Fenster in weißen Rahmen. Der Türklopfer ist eine eiserne Olive. Ich klopfe immer so, daß jeder weiß, ich bin es.
Was ich sehe, kenne ich. Was ich kenne, gefällt mir. Hier gehe ich nicht weg. Alles muß so bleiben. Ich könnte in jedes Haus gehen, ob in Schöngelegen, im Hohlweg oder im Ginsterweg. Überall würde ich mich auskennen. Ich müßte mich an nichts gewöhnen. Höchstens an andere Möbel und an ein anderes Bett. Immer ist die Spülküche die Spülküche mit der Wanne unter dem großen Brett mit dem Loch für den Wasserhahn. In der Wohnküche steht immer der gekachelte Herd mit dem blanken Geländer und den vier Feuerstellen. Die kann man durch herausnehmbare Ringe vergrößern. Immer an derselben Stelle ist das

Feuerloch, durch das auf geheimnisvolle Weise die ganze Wohnung geheizt wird. Aus dunklen vergitterten Schächten kommt warme Luft.
Aus dem Kindergarten bin ich weggelaufen. Ich laufe öfter weg. Ein Autofahrer hat mich nach Hause gebracht. Sein Gesicht war bläulichweiß. Er wollte nicht gehen. Wahrscheinlich hat er darauf gewartet, daß ich Prügel kriege. Aber mich schlägt niemand.
Der Zierapfelbaum bekommt Früchte an langen Stielen, so groß wie Knicker. Sie haben richtige Gehäuse und richtige Kerne, wenn sie braun sind, sind sie reif. Ich weiß, wann sie schmecken. Ich soll sie nicht essen. Ich soll nicht alles in den Mund stecken. Ich kaue auch heimlich auf den Stengeln vom falschen Wein an der Hauswand.
Eine neue Blume ist in unserer Laube aufgetaucht. Sie heißt Unkraut, sie ist winzig und rot und hat vier Zacken.
Am Sonntagmorgen gehen wir zum Halbachhammer. Das ist die älteste Schmiede Deutschlands, 1411 in Weidenau gebaut, sagt Onkel Theddor. Ich habe den Hammer schlagen gesehen, behaupte ich später. Unmöglich, du kannst dich nicht erinnern, sagt er, du warst noch zu klein. Und der Storch auf dem Dach bei Bauer Barkhoff soll aus Gips gewesen sein, ich sah aber, daß er sich bewegt hat.

Wir gehen durch den Sommerburgwald nach Hause. Ich trage das Kleid, das ich am liebsten mag. Onkel Theddor hat immer ein Fernglas bei sich. Ich muß die Augen zumachen und nachsingen, was ich höre: zitt oder terr oder pink pink. Und ganz schön ist wüdi wüdi. Es klingt auch mal, wie kleine Glocken klingen: stiti sizidi. Das ist eine Meise, sagt Onkel Theddor, und ich hole sie mir her durch das Fernglas.

Sie tut, als ob sie mich nicht sähe. Sie wirft sich auf den Rücken und krallt sich mit ihren scharfen Klauen in die Brust eines Vogels, der kleiner ist als sie. Sie hackt mit wilden Schnabelhieben auf den Kopf des kleinen Vogels ein, bis er zertrümmert ist, dann pickt sie das Gehirn heraus, wie aus einer Schüssel.

Ich trage das Kleid, das ich gern mag, und ich gehe mit einer Glasschüssel Eis holen.

Später sind wir in unserer Laube. Sie besteht aus Stangen, an denen Bohnen und Wicken ranken. Wir essen Eis.

Das «Unkraut» heißt gar nicht Unkraut, aber keiner kennt seinen richtigen Namen. Eigentlich müßte es weg, aber hier darf es bleiben.

Wir holen die Filmmaschine aus dem Keller und lassen die Frau mit dem Besen immer schneller rennen und fegen und rennen, und wir pinkeln vor Lachen in die Hosen.

Ich werde gebadet. Alle Lampen brennen. Die in der Spülküche hat grüne Perlenschnüre, so grün wie die Wände und die Wanne und das Brett auf der Wanne, das hochgeklappt und an die Wand gehakt wird, wenn Baden dran ist. Der Gasofen braust hinter mir. Es riecht nach Flieder und Gas. Ich sause an der Kopfseite der Wanne ins Wasser, wie auf einer Rutschbahn. Die Spülküche schwimmt. Großmutter droht. Ich mache aber weiter. Mich schlägt niemand.

Im Bett höre ich das Rangieren der Straßenbahn. Ich könnte das auch, ich kenne jeden Handgriff. Und wenn ich auch nichts sehen kann, weiß ich trotzdem, welchen Handgriff der Rangierer macht, denn ich höre den Ton. Ein Auto kommt lange heran, es patscht über die Pflastersteine wie durch Wasser.

Wieder ist ein Sonntag verspielt. Und er war gar nicht so schlimm. Hauptsache, er spielte auf der Margarethenhöhe.

In einem Winter erleben Onkel Theddor und ich, wie Meisen sich die im Stock verborgenen Bienen holen. Sie klopfen neben den Fluglöchern an, wie an eine Tür. Im Inneren entsteht ein Summen, und dann kommen die ersten halbgefrorenen Bienen heraus, um die Meisen mit Stichen zu vertreiben. Die Meisen greifen sofort zu,

hacken die Bienenleiber auf und fressen sie leer. Dann fliegen sie wieder zum Stock, klopfen an ... und so fort. Ich kann gar nicht genug kriegen davon.
Ich lerne, auch andere Vögel an ihrem Gesang zu erkennen. Die Nachtigall kenne ich schon vom Kindergarten. Sie ist nicht leicht nachzumachen, denn sie kann viel. Das helle wiid, das wütende karr, das häßliche rääh, das wohlige tiefe tak macht alles sie. Die jungen Nachtigallen rufen anfangs fiid, später kroäk.
Der Sprosser kann mehr als die Nachtigall. Er gefällt mir besser. Er ist größer und ernster und streitet sich nie. Ihn kann man auch nicht nachmachen. Das tiefe glock-arr zum Beispiel. Wenn ich meine, jetzt singt der Sprosser besonders schön, sagt Onkel Theddor, da ist Eifersucht im Spiel.

Auf der Margarethenhöhe ist Krieg. Oben, auf den Feldern, soll jetzt eine Kanone stehen. In der Stadt soll auch Krieg sein. Daß es im Kindergarten jeden Tag einen Löffel Lebertran gibt, hat damit zu tun. Wir müssen in einer Reihe stehen. Wir müssen den Mund rechtzeitig öffnen, Kopf in den Nacken. Der Kopf darf vom Hintermann an den Haaren in den Nacken gezogen werden, wenn man nicht pariert. Hinterher gibt es einen

Zimtstern. Oder zwei, wenn man ein Liebling der Kindertante ist. Ich bin so ein Liebling, ich bin die Jüngste.
Ich erinnere mich an den «Ausbruch» des Krieges als an einen einzigen nicht endenwollenden Sirenenstoß. Und ich falle auf den Herd mit den vier Feuerstellen. Obwohl damals Brandwunden noch trocken behandelt werden, mit Puder, oft auch nur mit Mehl, behandelt mich meine Großmutter gegen jede Tradition mit kühlen nassen Tüchern, denn ich höre nicht auf zu schreien. Ich schreie, ohne auseinanderzufliegen oder zu platzen.
So ist das gewesen. Obwohl mir unermüdlich versichert wird, So war es nicht, du kannst es nicht wissen, du hast dich auch nie in solchem Ausmaß verbrannt, bleibe ich dabei: so und nicht anders ist es gewesen.

Wir werden evakuiert nach Inzigkofen bei Sigmaringen. Es gibt noch keine Trümmer auf der Margarethenhöhe. Der Architektenwettbewerb für die Margarethenhöhe II soll ausgeschrieben werden, wenn der Krieg zu Ende ist.
Ich lebe drei Jahre lang in Schwaben. Was davor war, scheint für immer versunken.
Viele Jahre habe ich auf die Frage, wo ich meine Kindheit zubrachte, geantwortet, in Schwaben,

und wenn es jemand genauer wissen wollte, in Inzigkofen bei Sigmaringen.

Jetzt fahren wir nach Hause, sagt meine Großmutter eines Tages und nagelt Kisten zu. Wir fahren gegen meinen erklärten Willen, denn zu Hause bin ich in Inzigkofen.

Wir stehen auf der Margarethenhöhe vor einem Trümmerhaufen. Hier soll ich geboren sein, hier sollen mein Zimmer, mein Spielzeug, mein Bett gewesen sein. Alle lügen. Ich darf das aber nicht sagen. Ich kann mich nicht erinnern, soll ich sagen.

Wir kommen unter bei Onkel Theddor. Sein Haus steht unzerstört in Essen-Süd, in einer Straße, in der kein einziges Haus zerstört ist. Schon von ferne sieht man das Haus, mit seinem runden großartigen Bug sieht es aus wie ein gestrandeter Dampfer.

Daß dein Haus noch steht. Es ist ein Wunder, und du hast es nicht verdient, sagt Großmutter zu Onkel Theddor, der ihr Bruder ist.

Er ist Pensionär. War Kruppianer. Bei Widia. Das ist keine Frau, sondern ein Stahlwerk. Er kann ganz schnell schreiben, und nur er kann das auch lesen. Es ist eine Kurzschrift, die heißt Stolze Schrey. Er war in keinem Krieg. Er hat zwei linke Füße, sagt Großmutter. Ich sehe seine

Füße an, und sie sind normal. Großmutter lügt wieder. Auch er lügt, weil er sagt, daß ich ihn kenne. Ich kenne dich nicht, ich habe dich nie vorher gesehen, sage ich zu ihm. Sie lügen alle.

Onkel Theddor ist gründlich verstimmt. Sein Haus ist voll Menschen, sie gehören zur Familie, er muß sie aufnehmen. Sie haben alle Räume besetzt, vom Dachboden bis zum Keller.

Es gibt Vettern und Kusinen, die so alt sind wie ich. Ich soll mit ihnen spielen. Ich soll lustig sein. Ich soll aufhören zu trauern. Ich soll aufhören, schwäbisch zu sprechen. Niemals. Ich werde nicht hochdeutsch sprechen, nie wieder spielen oder lachen und nie aufhören zu trauern. Ich werde immer weniger essen.

Alles hat man mir genommen, meine Freunde, meine Pferde. Meine Stelzen, meine Kaninchen und Küken habe ich in Inzigkofen lassen müssen. Und Adolars Peitsche. Ich darf nicht mehr vespern. Ich vermisse den Speck, die Dampfnudeln mit Vanillesoße und den Most. Ich soll essen, was ich noch nie gesehen habe: gelbes nasses Brot aus Maisschalen, Heringe.

Onkel Theddor ist mit seinen Büchern, seiner Orgel und seinem Globus in das verschließbare Eßzimmer mit Wintergarten zurückgewichen. Die Holztreppe, die vom Garten heraufführte, hat er mit einer Axt zerschlagen, damit keiner von dort heraufsteigen kann. Er schließt sich immer ein. Er ist nicht launisch, sondern gleichmäßig verstimmt.

Ich putze Steine in den Trümmern von Essen-Süd, mit vielen anderen Kindern und Frauen und alten Männern. Jeder tut das da, wo er wohnt, nicht da, wo er gewohnt hat. Sonst täten wir das auf der Margarethenhöhe. Ich stehe an für Heringe. Ich hole Brennholz aus den Trümmern. Ich schwebe über Abgründen. Ich finde unter Trümmern Töpfe mit schönsten Lackfarben, und Großmutter streicht die Pappe vor den Fenstern damit. Von zerstörten Hauswänden abgefallenes Weinlaub rankt auf den Trümmern weiter und trägt Trauben. Ich kann riechen, wo was zu holen ist.

Aber vor Heimweh nach Inzigkofen kann ich kaum noch die Füße heben. Ich will allein sein. Wenn man lange genug allein ist, stirbt man. Man muß nur einen Platz finden, wo man lange genug allein sein kann. Ich finde keinen Platz. Überall werde ich aufgestöbert. Immer ist schon jemand vor mir da, in den dunklen Ecken knutschen Elfriede und ihr Abbruchunternehmer. Unterm Dach rauchen die Vettern.

Hierher gehörst du, sagt Großmutter. Nicht nach

Inzigkofen. Die Inzigkofer sind froh, daß die Evakuierten endlich weg sind. Ich glaube ihr nicht. Überall hatte ich Freunde. Ich habe alle Prozessionen mitgemacht, die Glocke durfte ich läuten und den Altar schmücken. Ich habe gebeichtet. Ich habe gesungen, «Meerstern, ich dich grüße ...», vor mir die Muttergottes auf der Mondsichel, rechts von mir der Heilige Mauritius, links von mir der Heilige Vitus, «Meerstern, ich dich grüße ...» Ich will katholisch werden, sage ich, und Großmutter ringt die Hände.
Ich werde abwarten. Entweder fährt die Eisenbahn wieder, oder ich laufe zurück nach Inzigkofen, oder ich werde sterben.

Onkel Theddor paßt überhaupt nicht in diese große unverwüstliche Familie, der es genügt, daß man noch lebt. Großmutter ist die Königin. Wo sie ist, gibt es zu essen und zu trinken. Wo sie ist, ist Hoffnung. Sie bohrt in der Nase und stößt auf Öl, sagt Onkel Theddor böse.
Ich werde eingefangen, zu Boden geworfen und gekitzelt, ich soll wieder lachen. Ich höre einfach auf zu atmen. Onkel Theddor sieht das und sagt, Eher wird sie sterben. Ihr bringt sie um.
Er hat mir das Leben gerettet. Von nun an halte ich mich an ihn. Eines Tages schlüpfe ich, unter seiner Hand auf der Klinke, in sein Zimmer. Er

schließt sich ein, wie immer. Ich verstecke mich hinter der Orgel und warte ab. Vielleicht habe ich endlich den Platz gefunden, wo ich sterben kann.
Hätte er mich gefragt, ich hätte ihm erzählt von meinen schwäbischen Freunden Mariele, Edwin, Adolar, Erna und Hansl, und von der Orgel, daß ich dabei war, als einige schreiende und unnütze Zungenregister zugunsten von fünf neuen Füllstimmen ausgewechselt wurden. Beim Aufstellen und Stimmen der Orgel, das ist genau hundert Jahre her, hat ein Calcant, Johann hieß er, zweiundzwanzig Tage lang in Inzigkofen die Bälge getreten.
Aber Onkel Theddor fragt mich nicht. Er läßt nur zu, daß ich in seinem Zimmer hinter der Orgel sitze. Ich warte darauf, daß ich sterbe. Damit das Warten erträglicher wird, esse ich wieder mehr und mit Onkel Theddor gemeinsam. Er ist immer wortkarg und immer mürrisch. Ich kann mich darauf verlassen.

Überall Bücher. Auf dem Fußboden, auf den Fensterbänken, den Stühlen, dem Tisch und der kalten Heizung. Schmale Pfade in alle Richtungen, auch in den Wintergarten, Onkel Theddor, ein Tänzer auf dem Seil. Er findet alles, was er sucht. Ziel ist immer das Sofa, auf dem er auch schläft. Er läßt sich vorsichtig nieder und sinkt bis auf den Fußboden. Er liest, und ich sehe zu. Ich habe noch nie jemanden hauptsächlich lesen sehen. Manchmal liest er in mehreren Büchern gleichzeitig, sie hängen aufgeschlagen, Seiten nach unten, über seinen Schenkeln und den Sofalehnen. Es geht ihm gut beim Lesen. Was ist das Geheimnis?

Großmutter hört auf, mich zu suchen. Sie weiß ja, wo ich bin. Immer häufiger hole ich mir ein Buch hinter die Orgel. Zum Beispiel gerate ich an «Brehms Thierleben», Leipziger Ausgabe, 1882. Erst sehe ich mir die «kolorirten» Bildtafeln an. Unvergeßlich ist mir die halbmatte körnige Struktur der Oberflächen: Ein Geierkönig umkrallt einen Ast, seine Halskrause ist grau, der Vorderrücken und die oberen Flügeldeckfedern sind rötlichweiß, der Bauch und die Unterflügeldeckfedern schneeweiß, Fittich- und Schwanzfedern tiefschwarz, die Schwingen grau gesäumt...

Er ist verbreitet vom zweiunddreißigsten Grade südlicher Breite an über alle Tiefländer Südamerikas bis Mejiko und Texas. Frühmorgens erhebt er sich und schwebt längs des Waldes dahin und sucht den Tisch, den der Jaguar ihm gedeckt hat. Er überfrißt sich manchmal so, daß er zusammengekauert hockenbleibt, blutbeschmiert und unfähig, sich zu bewegen.

Zeig mir einen Geierkönig, bat ich Onkel Theddor.
Später, sagte der, such erst mal in unseren Breitengraden. Ich bescheide mich mit Bildtafeln von Rabenvögeln, die sich unter einem roten Himmel, im Schnee, in einen Hasen krallen, oder von Ammern, Weiden-, Grau-, Gold-, Zwerg- und Schneeammern. Ich finde die Lullula, bei Gefahr drückt sie sich platt auf die Erde; das Müllerchen, es ist verbreitet über das ganze gemäßigte Europa ...
Wir sitzen über Büchern, jeder für sich, aber im selben Zimmer.
Manchmal, langsam und freiwillig lese ich. Und lerne lesend, was eine Nachtigall ist, stelle mir ihr Wesen und ihren Schlag vor. Daß er zwanzig bis vierundzwanzig verschiedene Strophen enthalten muß, wenn man ihn vorzüglich nennen will. Jede einzelne Strophe ist beschrieben.

Onkel Theddor und ich sind stundenlang unterwegs in der zerstörten Stadt. Wir gelangen von Essen-West ins Nachtigallental. Die Brücke, die über das Mühlenbachtal führte, ist kaputt. Alle Wege, die wir gehen, sind Umwege. Über Trümmer geht man hintereinander. Nebeneinander ist kein Platz.
Das ist der Kindergarten, sagt Onkel Theddor.

Die Tür erkenne ich wieder, aber das will ich noch nicht zugeben. Im Nachtigallental höre ich einen Vogel und sage, Das ist eine Nachtigall. Das stimmt, sagt Onkel Theddor. Und ich bin sehr glücklich.
Ich höre einen anderen Vogel und sage beherzt, Das ist ein Sprosser, er kann mehr als die Nachtigall, weil er nicht nur singt, sondern dichtet, und weil er die Töne je nach Stimmung verändert...
Na also, na bitte, sagt Onkel Theddor ungewöhnlich froh, das hätten wir wieder, so weit waren wir schon mal.

# *Zeit, zu sterben*

Wohin jetzt, fragt Cäcilie. Zum Fenster, bittet Regina. Sie fließt wie ein zäher Teig über Cäcilies Rücken, breitet sich aus und kommt zur Ruhe. Cäcilie packt Reginas Arme und buckelt die Last, zieht sie vielleicht ein wenig höher, hat das schon im Gefühl, nur Reginas Fußspitzen dürfen den Boden berühren. Verletzungen, selbst feinste Hautabschürfungen, sind zu vermeiden, sie würden nur schwer heilen. Alles in Ordnung, Cäcilie hört es am Schleifen der filzgeschützten Zehenspitzen über den blanken Boden.

Regina muß ihrer Schwester erklären, was sie sieht. Denn die steht gekrümmt, den Kopf fast unter der Fensterbank, und kann nichts sehen. Der Fluß friert zu. Kein Neuschnee. Der Uferweg wird gestreut. Ich bin froh für dich, sagt Regina, du hättest dir die Knochen brechen können. Unter der Brücke wird das Eis aufgehackt. Gefährlich für die rodelnden Kinder, meint Cäcilie.

Ah, mault Regina, denen passiert nichts! Die rodeln und rodeln und rodeln, es passiert nichts, es ist langweilig, ihnen zuzusehen. Es sind immer dieselben, das Kind mit dem grünen Schal ist schon den ganzen Tag da, es scheint keinen Hunger zu haben, keinen Durst, es scheint niemanden zu geben, der es vermißt.

Cäcilie wartet, bis Regina sagt, Zur Tür. Sie macht den Rücken rund, stemmt sich mit den Fäusten auf den Schenkeln ab. Ihr Kopf ist verschwunden, Reginas Kopf ist keck gehoben. Regina geht mit Cäcilies Beinen, Cäcilie sieht mit Reginas Augen.

Regina öffnet die Tür, sie horchen auf den Flur, etwas Musik ist zu hören, dieselbe gehobene Unterhaltungsmusik, die man auch in den Räumen hört.

Regina schlägt die Tür mit Wucht zu. Cäcilie richtet sich sofort auf und läßt Regina abwärts rutschen: Es ist Mittagsruhe! Mich werden sie wieder rügen! Nicht dich! Reginas Kinn hackt auf Cäcilies Rücken ein. Laß mich nur fallen, du! Ich kann mich ja nicht wehren.

Und Cäcilie duckt sich wieder: Ich würde dich gern zum Bett zurückbringen, bittet sie.

Nur noch zum Schrank, drängt Regina. Paß auf, ich hole tief Luft und werde ganz leicht. Cäcilie sagt, Was willst du am Schrank, der ist leer.

Außerdem kann ich nicht mehr.
Sie schleppt Regina zum Bett, wirft sie mit letzter Kraft und einer Drehung der linken Schulter ab. Wir hatten gemeinsam beschlossen, daß ich dir keine Süßigkeiten mehr mitbringe. Du selbst hast es vorgeschlagen, einsichtig, wie du manchmal sein kannst. Du wirst mir zu schwer.
Aber doch nicht von heute auf morgen, das kann ich nicht, jammert Regina.
Zwei Hundert-Gramm-Tafeln in zwei Tagen, du hättest sie dir besser einteilen sollen. Und Mandelberge. Und Montreux-Kirschen ...
In vier Tagen! Es ist vier Tage her. Du hast mir Konfekt mitgebracht. Wie du das immer machst, wenn du ein schlechtes Gewissen hast.
Regina suche wieder Streit, aber sie werde sich in nichts hineinziehen lassen, sagt Cäcilie müde.

Regina liegt, wie Cäcilie sie fallen ließ, offenbar nicht unbequem. Neckend, ein wenig verschlagen, sagt sie, Du triffst ihn heute wieder? Cäcilie antwortet nicht, steht am Fenster und sieht den rodelnden Kindern zu. Sie kommen in Fahrt auf dem sanft zum Fluß abfallenden vereisten Hang und bremsen mit aller Kraft, manche werfen sich eben noch rechtzeitig zur Seite. Ein Kind mit grünem Schal rast auf die offene Wasserstelle zu, in der sich Enten tummeln.

Ist dein Verehrer noch rüstig? Ist er Witwer? Geschieden? Junggeselle? Großvater? Urgroßvater? Nazi?
Cäcilie sagt freundlich, Ich wollte lesen. Du hast mich heraufgelockt mit dem Versprechen, daß du mich lesen lassen würdest.
Regina tut beleidigt. Du bist heraufgekommen, weil du Hunger hast. Und nicht wegen mir. Du kannst es nicht erwarten, bis sie das Essen bringen. Ich weiß, daß es unvorsichtig ist, so zu reden, du nimmst deine Mahlzeiten schließlich nur mir zuliebe auf dem Zimmer und nicht mit den anderen im Eßsaal ein. Sie versucht vergeblich, sich am Bettgestänge hochzuziehen. Sie stöhnt kaum vernehmlich, unter halbgesenkten Lidern sieht sie zu Cäcilie hinüber. Die reagiert nicht, und Regina gibt auf. Sie schließt die Augen, summt ein paar Takte der Musik mit, die aus dem Lautsprecher tröpfelt. Sonata facile, Satz 1, sagt sie.
Willst du nicht auch lesen, fragt Cäcilie.
Lesen lesen! Ich lese genug, wenn du mich allein läßt. Sie summt, ihre Finger klimpern auf einer imaginären Tastatur.
Wenn du später gehst, sagt sie fürsorglich, zieh dich warm an. Und nimm nicht den Uferweg. Auch wenn sie gestreut haben.
Ich wußte, daß du mich nicht lesen lassen würdest, sagt Cäcilie.

Prospekte solltest du das nächste Mal mitbringen, gemeinsam werden wir den richtigen Rollstuhl für mich finden, sagt Regina. Es wird mich anspornen, abzunehmen.
Ob jemand nach ihr gefragt habe, will sie dann wissen. Alle, sagt Cäcilie.
Warum kommt aber niemand, um mich zu besuchen. Auch darauf hat Cäcilie eine Antwort: Alle sagen, wenn wir Regina besuchen, wird sie keinen Grund mehr haben, abzunehmen, damit sie wieder in einen Rollstuhl paßt, der durch die Tür geht.
Regina sagt, für Cäcilie nicht überraschend, Ich werde es schaffen. Ich werde gleich heute anfangen. Du wirst mir keine Süßigkeiten mitbringen! Cäcilie quält Regina ein wenig: Keine Pralinen von Royale, keine Toffees von Winston? Und die Mandelberge? Die Noisette-Creme? Nein? Nichts? Nicht mal die einfache Bitterschokolade? Regina schüttelt den Kopf, schluckt und schweigt.

Schwester Borromäa hat die Angewohnheit, zu klopfen und gleichzeitig die Tür aufzustoßen. Keine Chance, sie hereinzubitten. Sie schiebt den Servierwagen ins Zimmer, stellt Geschirr und Essen ab und redet dabei. Wie es denn heute den Sisters gehe, will sie wissen. Alles in Ordnung? Wie immer? Und munter? Und fröhlich?

Das kann ich mir nur auch für später wünschen. Zusammenbleiben und einer für den anderen dasein...

Sie zögert an der Tür, dann sagt sie: Und essen! Sofort anfangen! Keine Zeit verplempern, sonst schaffen Sie es wieder nicht, und ich hab das Nachsehen... Um drei hab ich Feierabend, um drei steh ich aber noch in der Küche, weil hier so langsam gegessen wird. Jetzt komme ich schon zum Schluß zu Ihnen, wenn alle anderen abserviert sind... Die Sisters quasseln zuviel. Was es in Ihrem Alter noch zu quasseln gibt, meint sie, nicht einmal roh. Cäcilie wartet, bis Borromäa das Zimmer verlassen hat, dann sagt sie streng, der Ton sei wieder mal ungebührlich gewesen.

Regina kann das diesmal wirklich nicht finden. Sie erinnert daran, daß es schlimmere Zeiten gegeben habe, sie sagt nur ein Wort: «Frauenriege», und Cäcilies Stimmung bessert sich. Die Frauenriege, das waren die Ehrenamtlichen, Gelangweilten, Gutsituierten, Blaubekittelten, die, ihren Schmuck irgendwo im Büstenhalter versteckt, ihre Samariterdienste, Streicheln inbegriffen, erledigten mit Obszönitäten wie: Nun wollen wir pullern... Wie eine Erlösung hingegen der mürrische, an der Unhöflichkeitsgrenze entlanglavierende Zivi. Zwar kein Streicheln, aber auch kein unnötiger oder falscher Griff. Er hält das

Katheter hoch, alles ist klar. Er massiert Reginas Leib, bis der Darm sich entleert, und dann ist Schluß. So aufgeheitert, ruft Regina Cäcilie zu, Ah, freu dich auf deinen Spaziergang, auf dein Rendezvous, das du vor mir verheimlichst.
Ich gehe ins Kino, sagt Cäcilie matt, ich rede davon seit drei Tagen. Der Film dauert 45 Minuten. Du kannst auf mich warten, mit der Stoppuhr in der Hand.
Wo trefft ihr euch eigentlich! Draußen? Jetzt, im Winter, ist das doch ungemütlich, sagt Regina und paßt auf, ob Cäcilie auch wirklich zwei Paar Handschuhe übereinander zieht. Vielleicht wohnt er sogar hier im Haus? ruft sie vergnügt hinter Cäcilie her.
Als sie der Meinung ist, Cäcilies Zeit sei um, legt sie den Finger auf die Klingel und nimmt ihn nicht mehr weg. Cäcilie kommt außer Atem ins Zimmer gestürzt: Nimm den Finger von der Klingel, ich bin ja da. Regina meint, sie hätte längst tot sein können, so viel Zeit hat Cäcilie sich gelassen. Es hätte auch brennen können. Oder sie hätte aus dem Bett fallen können.
Bist du aber nicht! ächzt Cäcilie, nimm den Finger von der Klingel.
Du hast gesagt, der Film dauert 45 Minuten! Die waren vor drei Stunden um, sagt Regina vorwurfsvoll.

Aber im Kino war ich gestern, erinnert Cäcilie sie, heute habe ich eine neue Patience gelernt, sie ist kompliziert ... man legt sie mit 104 Karten ... ich zeige sie dir, wenn du willst ...
Regina mag nicht Patience legen, Cäcilie hat ihr den Abend verdorben. Außerdem hat sie den Mantel an. Zum Patience-Legen geht man nicht im Mantel.
Cäcilie erklärt ihr, daß sie den Mantel übergezogen habe, habe keine Bedeutung, sie hätte ihn ebenso gut über dem Arm tragen können.
Regina gibt sich zufrieden. Was die anderen Insassen meinen, will sie wissen. Sagen sie: Was will die Dicke nur wieder von Ihnen? Oder: Beeilen Sie sich nicht zu sehr, dann ist sie vielleicht hopsgegangen, bis Sie oben sind?
Sie sagen, antwortet Cäcilie wahrheitsgemäß, Ihre Schwester ist rücksichtslos. Eines Tages wird man Sie finden, im Fahrstuhl oder vor dem Fahrstuhl, auf dem Weg zu Ihrer Schwester gestorben ...
Darauf weiß Regina nichts zu entgegnen. Zieh endlich deinen Mantel aus, sagt sie.
Cäcilie fragt, warum Regina geklingelt hat. Regina bittet Cäcilie um Geduld, es werde ihr schon wieder einfallen.
Cäcilie hängt ihren Mantel auf einen Bügel vor den Schrank, Regina sagt, Ich kann das nicht lei-

den. Warum hängst du ihn nicht gleich in den Schrank, es sieht so ärmlich aus, so asozial.
Aber der Mantel ist klamm, bei dem Wetter bleibt das nicht aus, er muß erst trocknen, ehe Cäcilie ihn in den Schrank hängen kann.
Regina denkt nach und sagt vorsichtig, Ich dachte, du seist gar nicht draußen gewesen, sondern hättest Patience gelegt.
Ich war doch im Kino, sagt Cäcilie sanft, davon rede ich seit Tagen. Wenn du willst, erzähle ich dir den Film.
Später vielleicht. Regina hat sich im Prospekt wieder einmal einen Rollstuhl ausgesucht. Er kann treppauf, treppab... er ist hellblau... sie liest Cäcilie vor: die Mindestbreite der Treppe muß 90 cm betragen, wobei die Stufen scharfkantig sein müssen... Cäcilie, sich den Rücken haltend, wegen der Schmerzen, stellt klar, daß es wieder der falsche sei, denn man werde nicht für die einzige Behinderte im Haus alle Teppiche von den Treppen nehmen. Sitzbreite 430 mm – Regina brauche das Doppelte, sie müsse gehörig abspekken. Cäcilie weint ein wenig. Regina kann das nicht ertragen. Du schonst dich nicht, du bist zuviel unterwegs, sagt sie.
Cäcilie bäumt sich auf: Du schonst mich nicht. Ich werde durchbrechen. Du könntest mir zuliebe abnehmen. Du willst auch immer länger

geschleppt werden. Ob wir heute mal aussetzen? fragt sie verzagt.
Regina ist beschämt: Als ob du mich um etwas zu bitten hättest, wer ist denn von wem abhängig? Ich hätte dir auch ein schöneres Leben gegönnt, sagt sie und weint ein bißchen.
Regi, Regilein, sagt Cäcilie, wir beide machen das schon. Du wirst abnehmen. Wir werden einen normalen Rollstuhl kaufen können, Breite 780 mm, Sitzbreite 430 mm, mit Elektromotor und Scheinwerfern …
Sie werde Regina auch nicht mehr so oft allein lassen. Sie gesteht ihr, daß es eigentlich langweilig sei da unten, immer dieselben Gesichter, dieselben Geschichten und Lügen von verschollenen Söhnen und Töchtern …
Deshalb wollen wir sie auch nicht hier oben haben, nicht wahr, Regi. Sie würden unseren Kaffee trinken und unsere Süßstücke essen und mit uns zanken.
Regina weiß wieder, warum sie geklingelt hat. Sie will Cäcilie eine Geschichte erzählen, sie will sie ihr schon seit langem erzählen. Seit vierzig Jahren. Aber Cäcilie will ja weg. Also wird auch heute nichts daraus. Außerdem, meint sie resigniert, komme es auf einen Tag früher oder später nicht mehr an.
Sie essen eine Weile eilig und schweigend, sonst

zieht ihnen Borromäa wieder die Teller weg. Fast täglich hungern sie vom Nachmittag zum Abend, weil sie nicht genug Zeit hatten zum Essen. Nur darum naschen sie so viel, und nur darum ist Regina so dick. Regina schlägt Cäcilie vor, die Geschichte gleich nach dem Essen zu erzählen. Vorausgesetzt, Regina hat die Geschichte bis dahin nicht vergessen und Cäcilie hat noch Zeit bis zu ihrem Rendezvous mit dem Kerl.

Cäcilie versichert ihr, daß sie sehr gespannt auf die Geschichte sei. Außerdem will sie sich wieder mehr Zeit für Regina nehmen, vorlesen, Schach spielen... Wenn sie Regina nicht so oft allein gelassen hätte, würde die sich auch nicht diese schrecklichen Geschichten ausdenken.

Regina bittet Cäcilie inständig, das Fischmesser anders zu halten, ob es denn so schwer sei. Nun bitte sie sie seit Jahrzehnten darum, das Fischmesser nicht so zu halten wie Bruno früher. Wenn ihr das nicht möglich sei, werde sie für Cäcilie den Fisch zerlegen, Cäcilie könnte den Fisch mit der Gabel essen und Regina sei wenigstens mal zu etwas nütze. Cäcilie bemüht sich kurze Zeit, das Fischbesteck so zu halten wie Regina. Sie glaubt im übrigen nicht, daß Regina die Geschichte wirklich passiert ist. Du hast sie geträumt, nicht wahr, Regina? Oder du hast sie gelesen und vergessen, daß du sie gelesen hast?

Wie mich das aufregt, sagt Regina, solange ich denken kann. Schon an Bruno hat mich aufgeregt, wie er das Fischmesser hielt.
Du willst mir erzählen, dass ein Kind ertrunken ist, sagt Cäcilie überraschend. Ein Kind mit einem grünen Schal, es war zu der Zeit ganz allein auf der Rodelbahn. Es lief an und warf sich auf den Schlitten, es fuhr sehr schnell, die Bahn war vereist, die Uferpromenade auch, es fuhr bis auf den zugefrorenen Fluß, der Schlitten stand eine Weile, und plötzlich fing er an zu versinken. Das Kind mit dem grünen Schal versank mit.
Wie das aussieht, weiß Regina: Man hört nichts, man kann denken, es hat nicht geschrien, und man ist die einzige, die es gesehen hat.
Was redest du, das Kind lebt, ruft Cäcilie, ich habe es gesehen, hier, vom Fenster aus, das Kind mit dem grünen Schal. Wir würden doch nicht zusehen, wie ein Kind ertrinkt, Regina?
Wieso bist du sicher, daß wir dasselbe Kind meinen? sagt Regina verschlagen. Du kannst nicht wissen, was ich schon alles mitangesehen habe und nicht sage. Im Sommer liegen oft Leute am Ufer. Haben sie die Nacht schon dagelegen? Es kann sein, daß sie am folgenden Morgen immer noch daliegen. Oder wieder? Einer soll drei Tage am Ufer gelegen haben, am zweiten Tag hätte man schon wissen können, daß er tot war.

Cäcilie macht sich wieder Vorwürfe, sie darf Regina nicht mehr so oft allein lassen. Sie weiß, daß etwas nicht stimmt, aber sie kommt nicht darauf, was es ist. Was hast du vorhin gesagt? Einer soll drei Tage ... Woher weißt du das?
Es hat in der Zeitung gestanden.
Cäcilie sagt, Regina, Schwesterchen, du warst gut. Das muß ich dir lassen. Du hättest es beinah geschafft, ich fing schon an, an meinem Verstand zu zweifeln. Wenn ein Kind ertrunken wäre, hätte es in der Zeitung gestanden. Also zeig mir die Zeitung. Aber nicht schlecht, nicht schlecht, kichert sie.

Cäcilie ißt, um zu leben. Regina will es vornehm. Ein Fischbesteck, Meerrettich-Sahne. Wenn es Hering gibt, will sie ihn wie Forelle essen.
Komm, iß weiter, versuch es noch einmal, bittet Regina. Du weißt doch, was ich gesagt habe: Bruno, wenn du es nicht kannst, dann laß uns nie mehr zusammen Fisch essen. Cäcilie ist niedergeschlagen, es tue ihr leid, daß sie Regina am Fischtag immer an Bruno erinnere. Sie gibt auf, sie sei satt, behauptet sie und überlegt, ob sie nicht zu Hause bleiben sollte.
Ruf ihn an, sagt Regina begeistert. Er soll herkommen. Wie heißt er? Wo trefft ihr euch? Wovor hast du Angst? Ihr Blick schlüpft unter Cäcilies

gesenkte Lider. Ob Cäcilie etwa Angst habe, daß sie ihr den Mann wegschnappe? Muß sie Cäcilie wahrhaftig daran erinnern, daß sie schon einmal mit demselben Mann befreundet waren? Und? Hat das nicht auch die Beziehung zwischen uns Schwestern bereichert?

Iß, Regi, iß, sagt Cäcilie. Es kann nicht mehr lange dauern, und Borromäa kommt. Sie arbeitet auf eigenes Risiko. Sie hat hundert Minuten Zeit, um hundert Essen an die Seniorinnen und Senioren zu verteilen, Phrasen zu dreschen, das Geschirr wieder einzusammeln, zu spülen und in die Schränke zurückzuordnen. Dann kommt die nächste Borromäa mit Kaffee und Kuchen. Wenn Borromäa die Küche nicht geräumt hat, gibt es Minuspunkte, die nächste Borromäa muß warten, jede Minute ein Strafpunkt... Die finanziellen Einbußen werden umgelegt auf die Insassen. Iß, Regina.

Hat Bruno Ähnlichkeit mit dem Mann, mit dem du dich triffst? Regina schiebt den Teller von sich. Du willst nicht über ihn reden, sagt sie enttäuscht.

Über Bruno?

Regina wird ärgerlich: Über deinen Freund!

Cäcilie überlegt lange: Der einzige Freund in ihrem Leben sei Bruno gewesen.

Borromäa kommt mit dem Geschirrwagen und

räumt das Geschirr ab, die Speisereste häuft sie auf einen Teller: Fertig? Hat Ihnen wohl nicht geschmeckt? Das ist ja ganz neu. Aber Sie stehen ja gut im Futter, schaden kann es Ihnen beiden nicht, wenn Sie abspecken …

Regina und Cäcilie tun empört. Borromäa kennt das schon. Ist sie nicht unverschämt, sagt Regina. Sie wird immer dreister, sagt Cäcilie. Sie beschließen wieder einmal, sich das nicht länger gefallen zu lassen. Schließlich zahlen sie. Für alles. Für jeden Handschlag. Jedes Wort, das zu ihnen gesprochen wird, ist im voraus bezahlt. Sie schlagen Borromäa die Sätze um die Ohren. Für was alles sie zahlen: für Miete und Vollpension, Arztbesuch und Reinigung des Einraum-Appartements, für Wäsche und Bettenmachen, Essen, weißes Geschirr, Fischbesteck, wenn es Fisch gibt, aber das mußten sie erst einklagen, das Fischbesteck. Und die Stoffservietten. Davon hat Borromäa wohl noch nie etwas gehört, in ihren Kreisen unbekannt. Auch Besteckbänkchen, nie gehört. Andacht, Erbauung, einmal im Monat Blumen, WiehabenSiedennheutegeschlafen-Fragen, Handauflegen, Klopapier, Sonnenschein … Zitronenpresse, Schlüsselloch, Geburtstagsüberraschung, Seife … Alles bezahlt.

So, ruft Borromäa von der Tür her, das muß genügen. Und übrigens, merken Sie sich das endlich, Seife wäre gratis, wenn Sie nicht auch da Sonderwünsche hätten.

Borromäa ist weg. Es ist still im Zimmer. Den Schwestern geht es nicht besser als vorher. Du magst die Stille nicht, sagt die eine. Du auch nicht, behauptet die andere. Sie hätten lieber ein Appartement zur Straßenseite gehabt.
Als Cäcilie, schon im Mantel, die zweiten Handschuhe über die ersten ziehen will, fällt Regina die Geschichte, die sie seit vierzig Jahren mit sich herumträgt, wieder ein. Sie handle von ihr, von Cäcilie und, von wem wohl, von Bruno.
Cäcilie holt die Fotos und zieht den Mantel wieder aus. Sie macht es sich bequem neben Regina im Bett und gibt neidlos zu, daß deren Geschichten immer die besseren gewesen seien.
Sie ist vor vierzig Jahren passiert, sagt Regina. Und vielleicht werde sie Cäcilie gar nicht gefallen. Die sagt, mit «besseren Geschichten» meine sie nicht, daß sie ihr gefallen müßten.
Regina kramt in den Fotos und hält eins hoch: War sie schön, diese Radtour!
Alle drei hatten wir Reifenpannen, zuerst Bruno, sagt Cäcilie und legt ein Foto beiseite, auf dem sie fast weint.
Regina greift danach und betrachtet es lange: Eben hast du erfahren, daß Bruno nicht nur mit

uns gemeinsam ausgeht, sondern auch mit mir allein, sagt sie. Und ich, sagt Cäcilie gleichgültig, bin wütend.
Aber nicht etwa auf mich! Sondern auf Bruno! Ist das nicht komisch?
Cäcilie weiß, warum das so ist: alle schonen Regina, sie ist beliebt, hübsch, jung, ohne sie gibt es keine Stimmung, ihr kann man nicht böse sein, niemand will auf sie verzichten.
Es gibt nur einen, der mich normal behandelt, schwärmt Regina, und das ist Bruno. Einmal habe er sie sogar geschlagen. Sie macht es vor: aus kürzester Distanz, mit dem Handrücken. Blitzschnell. Zu dem Zeitpunkt weiß ich längst, sagt sie erregt, daß Bruno auch mit dir ausgeht. Er sagt es mir ins Gesicht. Er denkt nicht daran, mich zu schonen.
Die Männer laufen dir nach, sagt Cäcilie, warum muß es ausgerechnet Bruno sein?
Regina kann es Cäcilie erklären: Ich habe dir Bruno nie gegönnt. Sie habe ihr nie etwas gegönnt. Was Cäcilie hatte, wollte sie auch haben. Und Bruno habe gewußt, daß die Männer hinter ihr her waren. Er tat alles, um sie zu kränken. Er ging mit ihr aus und ließ sie im Lokal sitzen. Mit der Rechnung.
Cäcilie sagt, Davon habe ich nie erfahren. Ich hatte den besten Eindruck von ihm.

Regina lacht: Ach Schwesterchen. Deine Schwärmerei für ihn tat ihm gut. Er erzählte von einer ihn anhimmelnden Frau. Die warst du. Und du schwärmtest von einem Mann, gutaussehend, leidenschaftlicher Fischesser. Du gewöhntest dir an, das Fischmesser zu halten wie er.

Cäcilie würde am liebsten das Gespräch abbrechen. Wenn Regina zum Fenster oder zum Schrank getragen werden wolle, solle sie es nur sagen.
Regina weiß das zu schätzen, und sie versäumt nicht, wieder einmal zu erwähnen, daß sie ihrer Schwester ein leichteres Leben gegönnt hätte.
Mir hätte das gleiche passieren können, sagt Cäcilie, und du hättest dich um mich gekümmert.
Regina meint entschieden, daß Cäcilie das nicht passiert wäre, sie war schließlich die Vorsichtigere.
Und du die Schönere, sagt Cäcilie.
Du warst verliebt in Bruno, das erste und einzige Mal in deinem Leben verliebt, sagt Regina gerührt.
Das kannst du nicht wissen, entgegnet Cäcilie.
Du hast es doch längst zugegeben, behauptet Regina.
Ein Foto will Cäcilie verschwinden lassen, weil sie es nicht leiden kann. Sie hat es schon zwischen

den Zähnen. Regina entreißt es ihr und zwingt sie, es anzusehen, indem sie Cäcilies rechte Ohrmuschel dreht, bis die schreit. Cäcilie muß es sich ansehen, genau und lange, mit diesem Foto fängt Reginas Geschichte an: Wenn man genau hinsieht, sieht man, daß Regina Bruno zu sich herüberzieht, daß er selbst gar nicht will. Hätte Cäcilie das ausgenutzt. Aber die hat nicht einmal gemerkt, daß Bruno sich zu dem Zeitpunkt noch für keine von beiden entschieden hatte.
An dem Tag, als du angerufen wirst, du müßtest dringend deinen Urlaub abbrechen und nach Hause kommen …
Cäcilie unterbricht Regina: Der Anruf stammte von dir, das weiß ich längst … Ich entschließe mich also, abzureisen. Kurz vorher habe ich erfahren, daß du dich außer mit Bruno noch mit dem Hoteldirektor triffst.
Das solltest du auch erfahren, sagt Regina freundlich. Nachdem du endlich begriffen hattest, daß er uns beide abwechselnd ausführte, solltest du nicht glauben, ich hätte nur ihn … Und am Tag deiner Abreise entscheidet sich Bruno. Für mich! sagt Regina sanft. Sie zögert, sie überwindet sich, es fällt ihr nicht leicht zu gestehen, Bruno habe nie gesagt, Cäcilie ist das feinere Mädchen, das verläßlichere, beständigere … Wenn man ihr nur abgewöhnen könnte, diese dunklen Farben zu

tragen… hat Bruno nie gesagt. Ein Leben mit Cäcilie ist vielleicht ruhiger, aber würdiger… das alles hat er nie gesagt. Regina muß ein wenig lachen. Wie konnte Cäcilie das glauben, ein Mann wie Bruno – Sicherheit, Würde, Ruhe – das letzte, was er sich gewünscht hätte.
Cäcilie kriecht aus dem Bett und läuft zum Fenster. Regina, was hast du dir da wieder ausgedacht… wimmert sie.
Regina sagt, sie habe sich das nicht ausgedacht, seit vierzig Jahren trage sie es mit sich herum, sie habe das Geständnis aufgeschoben von einem Tag zum anderen. Bis heute. Es könne nicht zu früh gewesen sein. Cäcilie läuft ins Bad, aber Reginas Stimme kann sie nicht entkommen: Ich habe ihm nicht ins Steuer gegriffen. Ich habe das Lenkrad überhaupt nicht angerührt. Ich dachte gar nicht daran, ruft Regina, dafür lebte ich viel zu gern. Solche wie Bruno gab es genug. Es war ein Unfall. Ein ganz gewöhnlicher Unfall. War es nicht eigentlich schön für dich, vierzig Jahre lang konntest du glauben, er hätte nur dich geliebt. Also beklag dich nicht.
Könntest du mich jetzt ein wenig herumtragen? fragt sie, als Cäcilie ins Zimmer zurückkommt. Zum Fenster? Es ist angenehm. Es entspannt. Es ist, als ob ich selber laufen könnte. Mit deinen Beinen. Öffne das Fenster.

Cäcilie soll zugeben, daß es eine schöne Geschichte gewesen sei: Bruno entscheidet sich für Cäcilie. Regina, rasend vor Eifersucht, will sich und ihn umbringen und greift ihm ins Steuer. Bruno ist tot, das ist schrecklich, aber ich lebe, ruft Regina, gelähmt, auch etwas entstellt im schönen Gesicht, aber ich lebe und brauche jemanden, der sich mir für den Rest meines Lebens opfert. Und ich habe eine Idee. Ich beichte dir, sage, Bruno habe nur dich geliebt. Und du verzeihst mir! Nimmst dich meiner an, leihst mir deine Beine und dein Leben, wir trauern gemeinsam, schließlich haben ja wir beide Bruno verloren. So oft ich will, legst du Moosröschen auf sein Grab, die er sich so gern ans Revers steckte.

Regina will zurück ins Bett, Cäcilie geht noch mit ihr zum Schrank, es sind Süßigkeiten da, Kekse, Toffees, Pralinen von Royale... und Regina nimmt sich, was sie haben will. Sie ist etwas irritiert, weil Cäcilie schweigt.

Die andere Version muß dir natürlich besser gefallen haben, du kamst besser weg, du konntest verzeihen und trauern... Aber ich, sagt Regina laut, denk mal an mich. Vierzig Jahre lang habe ich geschwiegen.

Cäcilie stöhnt, Ich kann nicht mehr, du bist schon wieder schwerer geworden.

Sie wirft Regina ab, die liegt wie sie liegt, und wie immer gar nicht mal unbequem. Ich könnte dir sagen, es ist alles erfunden, sagt Regina, schlürft eine Montreux-Kirsche aus dem Schokoladennapf und leckt zierlich die Fingerspitzen. Ich könnte sagen, es ist mir eingefallen, weil du das Fischmesser hältst wie Bruno … Dafür ist es jetzt zu spät, das ist wie ein Brandmal, so eine Geschichte wird man nicht mehr los …
Cäcilie zieht sich wieder den Mantel an. Sie brauche Luft, sie müsse unbedingt einen Spaziergang machen, sagt sie tonlos. Und Regina kann das verstehen. Sie achtet darauf, daß Cäcilie wieder zwei Paar Handschuhe übereinander zieht. Grüß ihn von mir, deinen Verehrer, sagt sie ohne Hohn, und bring ihn mal mit.

Als Cäcilie zur Kaffeezeit zurückkommt, bringt sie Kuchen mit. Mein Gott, sagt Regina, wie siehst du wieder aus, und wie du riechst. Wo kommst du her. Von meinem Rendezvous, sagt Cäcilie und packt den Kuchen aus.
Mit dem Mann?
Mit dem Mann, sagt Cäcilie beiläufig und deckt den Tisch mit eigenem Geschirr. Regina ist irritiert: Du streitest es zum ersten Mal nicht ab. Cäcilie fragt, Wie immer mit Sahne? Wie heißt er eigentlich, will Regina wissen. Bruno, sagt Cäcilie.

Du nennst ihn Bruno.
Es ist Bruno, sagt Cäcilie. Was willst du haben? Der Kuchen ist von ihm. Sieh nur, er weiß noch immer, was wir mögen. Mit Sahne, für dich... Obstkuchen, ohne, für mich. Er will nicht kommen, das mußt du verstehen. Schließlich habt ihr euch vierzig Jahre nicht gesehen. Er macht sich immer noch Vorwürfe, obwohl er schuldlos war an dem Unfall. Iß doch, Regilein, ab morgen, ab morgen fangen wir an zu fasten. Sag doch was... Wann kommt Borromäa endlich mit dem Kaffee. Hast du denn nie daran gedacht? Ich war sicher, du würdest es ahnen... Ich dachte so oft, sie weiß, mit wem ich mich treffe... Er lebt, Regi, freut dich das nicht! Vielleicht willst du wissen, wessen Grab ich seit vierzig Jahren pflege? Unser Grab, meine Liebe, im voraus, sozusagen. Du hast ein halbes Jahr nach dem Unfall gelegen, du warst isoliert von der Außenwelt, du mußtest geschont werden, nichts Aufregendes durfte an dich heran... Bruno war viel eher gesund als du. Er konnte aus deinem Leben verschwinden, er wollte das so, es war ja auch wohl besser für alle... Regina, es ist nicht fair von dir. Auch ich trage diese Geschichte vierzig Jahre lang mit mir herum.... Du kannst dich nicht beklagen. Es war wirklich ein kleines Glück, das ich hatte. Diese erschlichenen Stunden, immer in Sorge um dich.

Die meiste Zeit habe ich mit dir zugebracht. Du kannst mir keine Vorwürfe machen...
Die andere Borromäa kommt, und Cäcilie sagt, Nur den Kaffee, bitte. Auch kein Geschirr. Heute brauchen wir Sie nicht, ich serviere selbst. Heute haben wir auch endlich einmal den Kuchen, den wir mögen.
Du mußt meine Geschichte doch nicht glauben, nur weil sie gut erzählt ist, sagt sie kleinlaut und serviert Regina Kaffee und Kuchen. Jetzt dachte ich, ich hätte ein Mal die bessere Geschichte gehabt... Iß doch, Regina, trink. Du wirst dich revanchieren, Regina, ich bin sicher. Bei nächster Gelegenheit erzählst du mir wieder eine Geschichte, daß mir Hören und Sehen vergehn. Deine Geschichten waren immer besser als meine.

Reginas Rechte hält den Kaffeelöffel, der rührt unentwegt in der Kaffeetasse, die Linke läßt die Gabel wie ein Beil auf den Kuchen fallen, bis Cäcilie ihre Hände festhält und Regina füttert. Vielleicht erzählst du mir eines Tages, daß du mit etwas gutem Willen wieder hättest laufen können? Regilein! Und daß es nicht nötig gewesen wäre, dich vierzig Jahre lang auf dem Buckel herumzuschleppen? Vielleicht kannst du ja laufen, läufst immer, wenn ich nicht da bin...

## *Wahrung des Scheins*

Sehe ich geradeaus, wie man es immer macht, wenn man die Augen öffnet, blicke ich auf ein Dachfenster, das mit einem Holzscheit aufgestemmt ist. Bewegen kann ich mich nicht. Auf dem unteren Teil des Fensterglases liegt Schnee, der zu tauen beginnt.

Ich fühle mich nicht. Ich kann nicht die Lage meiner Beine bestimmen, die Stellung meiner Füße. Sind sie gestreckt oder zur Seite gekippt? Wo sind meine Arme? Wo meine Hände?

Die Heizung unter dem Fenster läuft auf höchster Stufe. Im Fensterausschnitt eine Fichtenkrone, dicht behängt mit Zapfen, auf ihren geneigten Ästen kein Schnee. Die Spitzen eines Haselstrauchs. Was vom Himmel zu sehen ist, ist grau.

Ich versuche, die Konturen meines Körpers nachzuzeichnen, es gelingt mir nicht. Aber es beunruhigt mich nicht. Ich habe auch keine Schmerzen. Die Haselruten blühen, sie tragen die langen gel-

ben Kätzchen und die unscheinbareren weiblichen Blüten mit ihren karminroten Narben. Ist Januar? Februar? Wenn der Hasel blüht, kann es auch März sein. Angelegt wurden die Blütenstände im vorigen Herbst.
Ist schon Frühling? Oder noch Winter? Oder eine Jahreszeit, die der Kalender nicht kennt?

Schiebe ich die Pupillen nach rechts, sehe ich eine staubige Tischplatte mit Fingerspuren, eine randlose Brille, wie hingeworfen, mit ausgebreiteten Bügeln, ein knallrotes Brillenetui, eine halbgefüllte Flasche, das kohlensäurehaltige Wasser ist aufgeregt, wie eben bewegt.
In den Fächern eines Regals Strümpfe, zu Bällen aufgerollt, ordentlich gefaltete und geschichtete Wollsachen, Nähzeug, Fäustlinge, ein Herrenhut. Neben dem Regal zwei Schränke, die Bügel behängt mit kurzen Kleidungsstücken, Hosen in einer Klammer, ein Mantelsaum staut sich auf dem Schrankboden.
Die Möbel alle im gleichen Stil, farbige Platten aus Kunststoff sind in hölzerne Rahmen versenkt und mit Scharnieren und Schrauben befestigt. Sie wirken schlag-, stich- und feuerfest. Die Schrauben und Winkel, die die Möbel zusammenhalten, sind sichtbar und werden benutzt wie ein Markenzeichen. Die Möbel sind häßlich.

Wahrscheinlich sollen sie keinem gefallen. Das Prinzip ist durchschaubar. Nichts sind sie ohne den, der mit ihnen wohnt.
Die Zimmerwände bestehen aus Fachwerk. Die senkrechten Balken haben klaffende Risse, sie sind dunkel gebeizt, in einen Riß ist eine Rose mit schwarzrot getrockneter Knospe gesteckt. Die weiß getünchten Flächen sind makellos, bis auf eine fingerlange Blutspur über dem Tisch. Vielleicht wurde eine Mücke auf der Wand zerrieben. In der Deckenleuchte häufen sich tote Insekten.

Ich schließe die Augen und konzentriere mich: Ich kann das rechte Bein anheben, und entfernt spüre ich meine Zehen. Ich versuche, sie auf die Matratze zu drücken. Ich müßte Angst haben. Ich übe. Erst mit dem rechten Fuß, dann mit dem linken. Dasselbe mit den Händen. Ich fand sie eingepreßt zwischen Matratze und Lendenwirbeln, Handteller nach oben. Als mir endlich einfiel, den Rücken anzuheben, konnte ich die rechte Hand nach rechts und die linke nach links bewegen.
Blicke ich nach links, sehe ich einen hastig und nicht zu Ende gepackten Koffer, der einen Stuhlsitz groß bedeckt und nach vorn und an den Seiten absackt.

Neben dem Stuhl ist die Tür. Die Klinke hängt herunter. Die Tür ist nicht geschlossen. Sie hat kein Schloß. Sie wird vom Zugwind in den Türrahmen zurückgeworfen.
Die Wucht, mit der dies geschieht, ist beachtlich, die Abstände sind unregelmäßig. Ich weiß nicht, ob ich diese Schläge schon länger höre oder ob sie erst eben begonnen haben.
Ich schiebe die Hände nach außen, rechts, links, über die Matratze, bis sie über die Bettkanten fallen. An der rechten Hand, unter der lockeren Faust, spüre ich eine starke Wärmequelle.

Ich senke den Blick auf ein völlig ruhiges, den Fußboden wahrscheinlich nur einige Millimeter bedeckendes Wasser. Leinenschuhe, die Spitzen auf das Bett gerichtet, eine Leselampe und ein Wecker stehen im Wasser. Ein Elektrokabel windet sich üppig auf dem Fußboden, im Wasser, in dem sich Fenster und Möbel spiegeln. Das Kabel umschlingt die Tisch- und Bettbeine und endet in der Leselampe mit Klemmvorrichtung, deren Wärme ich an der rechten Hand spüre. Das Läutewerk der Weckuhr ist eingeschaltet, der Zeiger steht auf neun Uhr, es ist fünf Minuten vor neun. Wieso brennt die Lampe, wieso ist die Uhr nicht stehengeblieben, ich folge dem Sekundenzeiger mit den Augen.

Das Tageslicht wird in Schüben aus dem Raum gesogen. Das Dachfenster schneit zu. Die Haselruten sind verschwunden. Die Fichtenspitze wird gleich verschwinden. Ich sehe unentwegt hin. Ich bin voll Aufmerksamkeit und wage keinen Lidschlag, bis auch der Himmelsrand, der grau ist, grauer als der Schnee auf dem Fensterglas, verschwunden ist.
Für den Fall, daß sich tatsächlich Wasser auf dem Fußboden befinden sollte, habe ich eine Erklärung dafür, daß die Lampe brennt und die Uhr tickt: die drei kleinen Füße der Uhr und die Klemmvorrichtung der Lampe schützen vor dem Eindringen von Wasser.
Es ist vier Minuten über neun Uhr. Der Wecker fängt an zu läuten. Obwohl ich auf nichts anderes gewartet habe, dauert es noch lange, bis ich den Stopphebel nach unten drücke und das Läuten abbricht.

In einem anderen Raum: Der Stuhl, auf dem ich sitze, hat einen derben Bezug und ist, wie die anderen Möbel auch, mit sichtbaren Winkeln und Schrauben zusammengehalten.
Auf dem Tisch eine Karte, die dazu auffordert, Telefonbuch und Gelbe Seiten abzuholen. Eine Fernmelderechnung, die lediglich aus der Grundgebühr besteht. Eine Holzschüssel mit Haselnüs-

sen und einem Hammer aus Messing. In der Mitte der Schüssel ein Amboß aus Messing, auf dem man die Schalen der Nüsse mit dem Hammer aufschlagen soll. Über dem Tisch eine Lampe mit drei Birnen, ich kippe den Schalter, aber keine der Birnen brennt. Der Tisch ist an die Wand geschoben, die auch aus Fachwerk besteht. An einem Balken hängt ein Glaskästchen mit vier prächtigen Flügeln eines exotischen Schmetterlings. Der Rumpf fehlt.
In der Tür, durch die die Wohnung betreten und verlassen wird, steckt ein einfacher großer Schlüssel.
Neben der Tür, an einer Wand, die eine kleine Küche abgrenzt, läuft ein Heizkörper auf höchster Stufe. Die Küche interessiert mich nicht, ich bin sicher, das Wesentliche wahrgenommen zu haben: Die Arbeitsflächen sind zugestellt mit Küchengeräten und ungespültem Geschirr, auch in den Spülbecken Geschirr. Obst und Gemüse in einem Drahtkorb.
Auffällig ist der frisch ausgegrabene Klumpen Schneeglöckchen von der großen Sorte, die langsam, häßlich verblühen.
Das Fenster der Küche zeigt eine blaue Giebelspitze mit zwei nach innen gekehrten Pferdeköpfen. Dahinter und sicher dreißig Meter hoch, Eichenkronen.

Stehe ich, Stehen ist mir nicht unangenehmer als Sitzen, obwohl meine Fußsohlen erloschen sind, kann ich erkennen, wie sich der Raum auf der zweiten Ebene fortsetzt: In der Mitte, Sicht und Bewegungsfreiheit stark einschränkend, hängt vom Deckenbalken ein furchtbares Plakat. Ich blicke nur kurz hin und kann nicht vergessen, was ich in Sekunden gesehen habe.
Ich nehme den Blick zurück und fange noch einmal an: Vier Stufen führen auf die zweite Ebene, links von der Treppe ist offenes Gebälk, rechts ein Wandstück, das noch der Küche zuzuordnen ist. An dem Wandstück, das zur Küche gehört, eine Lampe, darunter und von ihr angestrahlt wie ein Ausstellungsstück ein großes Foto. Es zeigt ein Gebilde aus Lehne, Sitz und zwei Beinen, fingerdünn, wahrscheinlich aus Chromstahl, das so, als Stuhl, nicht existieren könnte. Das Gebilde hat aber Lichtreflexe, wirft Schatten, simuliert Dreidimensionalität. Einzigartig die Wirkung des genau auf die simulierte Sitzfläche zugeschnittenen und geschliffenen Spiegelsplitters von einem mal zehn Zentimetern. Er ist nachträglich aufgeklebt, man sieht es an den Klebstoffspuren. Ich sehe in den Spiegel hinab wie in einen Abgrund.

An der schrägen Wand, der Längsseite des Hauses, befindet sich ein großer Schreibtisch aus demselben Möbelprogramm. Die weiße Wand über dem Schreibtisch ist beklebt und bemalt. Mit der linken Schreibtischkante ist auch die Seitenwand zu Ende, es beginnt die Giebelseite mit Fenstern in zwei Reihen, sie haben tiefe Laibungen. In einer ist ein Brombeergestrüpp errichtet, die Blätter glühen in Herbstfarben und wippen in der aufsteigenden Heizungsluft. Auf einer anderen Fensterbank die standfest gefalteten Fotokopien immer derselben männlichen Innenhand. Ein Fenster ist geöffnet, ein Flügel gegen den anderen gekippt, der Fenstergriff hält sie zusammen.

Auf einem Regal ein Weltempfänger, die Antenne berührt die Zimmerdecke, daneben, um einen ebenfalls beladenen Tisch herum gruppiert, fünf Sessel, alles aus dem bekannten Programm.

Über einer der Lehnen hängt eins von diesen kiloschweren hochglänzenden Vierteljahres-Magazinen für Mode, Design, Möbel, Trends. Das Titelbild zeigt einen Mann, helles Hemd, helle Hose, dunkle Jacke, struppiges Haar, in der linken Hand eine Pfeife, die rechte neben einer roten Vase mit einer roten Kalla, mit halbem Hintern auf einem ungewöhnlichen Tisch sitzend, einem auf die Spitze gestellten Dreieck. Darunter gedruckt: Entwurf Jacob Brant, Kopenhagen.

Auf einem Möbel mit drei Schubladen, das das Falloch zur unteren Wohnebene versperrt, ein Telefon. Neben dem Telefon ein Zettelklotz und ein Telegramm. Der Telefonhörer liegt neben dem Apparat und so, wie ich ihn auch abgelegt haben könnte, mit der linken Hand auf die linke Seite, die Sprechmuschel weist nach rechts.
Was ich spüre, hat kaum mit mir zu tun. Es ist weniger als Schmerz. Es ist nicht mehr als das Aufglimmen eines Gefühls.
Die Schreibtischfläche ist beladen mit aufgeschlagenen Büchern, klaffenden Aktendeckeln, was sie halten sollten, ist herausgequollen, Aktenordnern, aus denen graue Zungen hängen. Dazwischen steht eine Schreibmaschine, wie im Zorn in die Mitte des Tisches geschoben, der Lärmschutz ist abgebrochen, ein Blatt ist eingespannt: lieber Jacob… «lieber» ist kleingeschrieben, als würde ein Brief fortgesetzt, lieber Jacob, zu trinken wäre alles mitzubringen, auch der gute Calvados, âge inconnu…
Ein Foto von etwa zwanzig mal dreißig Zentimetern zeigt einen Mann: helles Hemd, helle Hose, dunkle Jacke, struppiges helles Haar. Die linke Hand richtet eine Pfeife auf den Mund wie eine Pistole. Die rechte Hand stützt sich auf die Tischplatte neben einer roten Vase mit einer roten Kalla. Zu dem Foto das Pappcouvert in einem

satten dänischen Ocker mit dem Stempel «Photographien. Nicht knicken», Absender: Jacob Brant, Kopenhagen …

Über dem Schreibtisch Studien von einer radfahrenden Frau, mit schwarzem Filzstift flüchtig auf die weiße Wand geworfen; Zeilen, sauber aus ihren Zusammenhängen geschnitten und auf die Wand geklebt: «Wann werden wir sterben – wie werden wir sterben; Ich habe keine Probleme, ich fahre zur See; Wir waren jung und naiv, nun sollen wir lernen, zynisch zu werden;» ein zusammenhängender Text mit durch Schrägstriche kenntlichen Zeilenbrüchen: «Nimm mich: / war ich nicht stark bis zum Schluß? / Vielen werde ich begegnet sein meist / nasse Haare und / in der Kapuze Funde / mal einen Kuchen eine Hortensie Schmirgelpapier / ein Flugblatt / WIDERSTAND. Ein Busfahrer will mich mitgenommen haben / Aber wenn ich gehe, gehe ich / habe ich / immer gesagt / Außer mir wird niemand von diesem Tag / bewegt worden sein. Niemand wird mich gesehen haben / ich muß nach hinten weg über Zäune und / Weiden und Gräben geflogen sein. Man soll mich suchen / das hätte ich gern / man kann mich finden. In einer Weide / stehend / Dem Augenschein nach freiwillig / Das Lachen das / in der Kehle steckte ist gelacht.»

Ein Einkaufszettel: Gaze für 3 Fenster, je

80 x 120 cm; Gummistiefel; Holzleim; Heftzwekken.
Briefumschläge, geöffnete und ungeöffnete, kann es das geben? Ich könnte das überprüfen, aber ich fasse ja nichts an.
Tassen stehen herum mit Spuren von verflogenem Kaffee; eine bernsteinfarbene Aubergine, im silbernen Schloß ein Schlüssel, eine Kostbarkeit aus dem 17. Jahrhundert, als ein Pfund Tee noch hundertachtzig Mark kostete und man ihn vor den Dienstboten verschloß; ein Glas Honig mit versunkenem Löffel; geometrische Figuren aus zweierlei Holz; Papierschere, gestapelte Zeitungsausrisse; ungelesene Zeitungen, Buntstifte, Bleistifte, Kugelschreiber, ein Füllfederhalter, Hefter, Locher, eine Gummierflasche.
An der Stellung des Kipphebels erkenne ich, daß die Schreibmaschine eingeschaltet ist. Im Stromverteiler zwei Stecker: ich tippe leicht gegen einen der Stecker, und die Maschine beginnt zu summen.
Ein Häufchen Kram aus Büroklammern, Tonknickern, Briefmarken, Tintenpatronen, Knöpfen und Heftzwecken in einem Töpfchen aus feinstem Porzellan, das ich im Hotel Peking, Moskau, geklaut habe. Es hat einen Riß, die beiden Hälften sind durch geheimnisvolle Erschütterungen gegeneinander verschoben.

Abgestürzte Bücher auf dem Fußboden, die Seiten herausgeknickt, die Rücken gebrochen.
Das Schlimmste zuletzt: ein Kalender, ein Halbjahr verkleinert auf einem Din A4-Bogen. Für jeden Termin gibt es eine sehr schmale Zeile. Jede Zeile ist zugemalt mit Buchstaben und Symbolen: roten Ausrufen, blauen Fragen, gelben Gedankenstrichen ... Der Zwang, einen Halbjahresplan auf einen Blick erfassen zu wollen, muß überwältigend gewesen sein.

Jemand schlägt an die Tür und öffnet sie im selben Moment, die Linke hält die Türklinke, die Rechte liegt noch da, wo sie zugeschlagen hat. Der Mann ist nicht mehr jung, vielleicht Mitte vierzig, er steckt prall in einer Latzhose. Er geht in die Knie und hebt einen Werkzeugkasten vom Boden. Er scheint mich zu kennen. Er streckt mir die Hand hin: Sie brauchen nur zu winken, und schon bin ich da. Lassen Sie sich nicht stören, kümmern Sie sich nicht um mich, ich weiß ja, wo's fehlt.
Er holt aus seinem Werkzeugkasten vier Kartuschen und eine Spritzpistole.
Er sieht sich um, er legt den Kopf in den Nacken und sieht zur Decke hinauf. Er senkt den Kopf und blickt zu Boden, er wickelt das Ende des Latzgurts um den Zeigefinger und wirkt ratlos. Aber

wo soll man anfangen, sagt er und kniet sich hin. Er stößt den Zeigefinger in eine Ritze zwischen Balken und Fußleiste. Ich mach's, sagt er, aber ob es Sinn hat …
Er zeigt auf Risse an der Zimmerdecke, zwischen Wand und Balken: Es ist ein Faß ohne Boden. Die kommen überall durch, von oben, von unten. Er fällt auf die Knie in der Küche, er reißt den Schrank unter dem Spülbecken auf, drückt die Finger zwischen Rohr und Wand: Da, da, ruft er, da und da, die steigen von unten hoch, alles hohl hier. Er zieht sich am Spülbecken wieder hoch. Die fallen, sagt er und zeigt auf eine Luke über dem Schreibtisch, vom Dach auf den Tisch oder aus der Lampenfassung auf den Teller, die kommen aus dem Keller, und wo nicht unterkellert ist, kommen sie aus der Erde.
Er setzt eine Kartusche ein, er ist ganz bei der Sache.

Ich sehe durch das Fenster das blaue Schnitzwerk des Giebels und die beiden nach innen gekehrten Pferdeköpfe. In den Eichenkronen brausendes Leben. Je länger man hinsieht, desto mehr erkennt man. Die Bäume haben ein Gebaren. Sie könnten nicht mehr sein, nicht größer, nicht höher, nicht breiter, als sie sich zeigen. Jeder ist gewachsen wie ein Solitär. Aus der Dunkelheit der Äste und Zweige lösen sich Vögel, sie schwimmen, die Flügel angelegt, durch das Dickicht.

Der Mann, der mich zu kennen scheint, rutscht auf den Knien von der Tür zur Küche und drückt braune Dichtungsmasse, die säuerlich riecht, in die Ritzen, rutscht unter das Spülbecken in der Küche, ächzt, zieht sich am Spülbecken hoch, wippt auf den Fußspitzen, der Fußboden bebt: Überall ist geschlampt worden an diesem Bau. Außen ja nicht. Außen ist er ein Denkmal. Da werden die alten Sprüche in der alten Schrift von Experten in gut abgelagerte Balken geschnitzt, da werden die alten Farben gemischt, die Dächer mit teuren Tonziegeln gedeckt. Aber innen wird geschludert. Holz, frisch aus dem Wald. Jetzt reißen die Balken und verdrehen sich. Alte Leitungen wurden eingebaut. Spanplatten darf man nur schrauben, die hier sind alle genagelt. Von dem Geld hätte ich zwei Häuser gebaut. Und das Schlimmste: eine Isolierung wie in einer Gartenlaube. Sie können froh sein, daß wir einen so milden Winter hatten. Sie heizen für die Krähen. Ich weiß, wovon ich rede. Ich verbrauche für hundertfünfunddreißig Quadratmeter Wohnfläche unter hundert Mark im Monat an Heizkosten. Sie kennen ja meine Meinung. Man kann viel machen. Ich helfe Ihnen gern.

Mit seinem Vater zusammen habe er sein Haus gebaut. Fußbodenheizung. Selber verlegt. 2000 Mark gespart. Und keine Maus im Haus. Um das zu erreichen, muß man ganz woanders anfangen: am Fundament. Wenn er das Gefühl hätte, es sei eine Maus in seinem Haus, könnte er nicht mehr schlafen.
Und wenn mal eine drin ist, dann *Maoam* in die Falle. Das mögen die Mäuse noch lieber als Speck. Man hat sich kaum umgedreht, klack, schon hat man sie. In dieser Gegend haben alle Mäuse, und alle finden das normal, sagt er. Seine Mutter habe darüber anders gedacht. Mäuse können wir uns nicht leisten, die fressen das, von dem wir leben. Also muß man sie vernichten. Nicht hungern, nicht frieren und keine Mäuse im Haus, sagt er. Das will ich vom Leben. 26 Grad habe ich in allen Räumen, und die Füße auf dem Boden. Wenn ich die Füße hochnehme, fange ich an zu frieren. Wir hatten früher sogar Ratten, durch die Schweine, sagt er überwältigt von Empfindungen. Er streckt die Hand mit der Kartusche von sich, und die Dichtungsmasse fließt. Wenn das ein Tick von mir ist, dann habe ich eben einen Tick. Mein Sohn ist genau so. Ich würde lieber verkaufen, als in einem Haus mit Mäusen zu leben.
Er fängt die Dichtungsmasse in der hohlen Hand auf und läuft ins Schlafzimmer.

Ich warte darauf, daß er aufschreit. Ich höre nichts. Ich erwarte, daß er sich in irgendeiner Weise dazu äußert, damit mir klar wird, daß ich mich nicht getäuscht habe, daß tatsächlich Wasser auf dem Fußboden steht. Aber ich höre nichts. Ich muß mich getäuscht haben. Beginnt es so, wenn man verrückt wird?
Er kommt zurück und bittet um eine alte Zeitung, in die er die leere Kartusche einwickeln kann. Ich weiß nicht, wo ich suchen soll, aber er geht schon auf eine Tür zu, die ich nicht kenne, und holt sich eine Zeitung.
Beiläufig seine Bewegung über die Schulter hinter sich auf das Schlafzimmer: wieder Heizungswasser. So können wir nicht in den nächsten Winter gehen. Ein strenger Frost, und es reißt das Haus auseinander.

Wir sehen gemeinsam aus dem Fenster. Es schneit. Er habe sein Haus isoliert, erzählt er. Zum Schluß kleine Perlen aus Kunststoff mit starkem Luftdruck in die kleinsten Zwischenräume geblasen. Er dürfe kein Loch in die Wand schlagen, sonst laufe sein Haus aus. Er lacht, und sein Körper bebt.
Er setzt eine neue Kartusche ein und verschwindet wieder. Er habe noch ein paar lohnende Löcher gefunden. Sein Bruder fange an einem

Abend bis zu zwölf Mäuse, ruft er. Ausziehen würde ich! Verkaufen! Er kommt zurück. Jetzt zeig ich Ihnen mal was, sagt er und zeigt mir die Gänsehaut auf seinen Armen.
Ich habe noch kein Wort gesagt. Es scheint ihn nicht zu stören. Vielleicht ist es ihm bis jetzt nicht aufgefallen.
Wir sehen wieder aus dem Fenster. Im Hof steht eine wie ein Tanzbaum dressierte Linde. Unter der Linde zwei Männer in orangefarbenen Overalls. Auf der Wiese frische Maulwurfshügel, an ihrer Nordseite liegt Schnee. In den Pflaumenbäumen kleben Fruchtmumien. Die müssen runter, sagt der Mann neben mir, nur so vermeiden Sie Sporennester und beugen Pilzbefall vor. Schade, daß Sie die nicht pflücken. Eine ganz alte Sorte, die mit den Dornen, und ein Aroma!
Es schneit, sage ich besorgt. Er sagt, Der Schnee hat nichts zu bedeuten, der Winter ist vorbei. Sein Blick fällt auf das Plakat in meinem Rücken. Ist es nicht schrecklich? sage ich kopflos.
Er kommt näher, und wir betrachten es. Die Figur besteht zur einen Hälfte aus einem Mann, zur anderen Hälfte aus einer Frau, im gemeinsamen Bauch liegt ein Kind. Die Figur hat überall Durchschüsse. Es sind reale Löcher, durch die das Licht scheint. Das Kind ist durch das Gesicht geschossen. Alle Durchschüsse sind numeriert.

Die Nummern sind unterschiedlich groß, und jede besteht auf einem anderen Rot.
Die Frau ist anders rot als der Mann, das Kind anders rot als das Bauchinnere. Alle Rottöne sind kraß, anstößig. Scharlach, Blut, Fleisch, Waffen, Gewalt, Orden, Fahnen fallen einem ein. Alle Rottöne haben miteinander nichts zu tun und erschweren das Wegsehen. Der Hals der Figur ist ein Knoten. Die einseitige Haartracht der Frau in Blut getaucht.
Es ist wahr, sagt der Mann, ein schreckliches Plakat.
Es ist, als hätte ich ihn eingeladen, sich umzusehen. Er geht herum, erst zögernd, dann immer ungenierter, mit einer stillen Besessenheit.
Von ihm unbemerkt lege ich den Telefonhörer auf die Gabel zurück.
Er betrachtet und liest, und nichts scheint ihm zu entgehen, die Zeitungsausschnitte an der Wand über dem Schreibtisch liest er laut, auch das Gedicht, und jeder Schrägstrich nötigt ihn zu einer langen Pause. Er ist begeistert von den Studien der radfahrenden Frau. Genau, ruft er, genau genau, so sehen wir Sie in der Landschaft, hoch aufgerichtet auf dem Fahrrad, mit wehendem Mantel, alles ist falsch, der Sattel zu hoch, und Sie, wie ein Brett vor dem Wind. Aber das Bild gefällt mir, weil es am Ende so aussieht, als

würden Sie gleich abheben, samt Fahrrad, und fliegen.
Das Titelbild des Magazins und das Foto auf dem Schreibtisch bringt er sofort zusammen: ein feiner Mensch. Däne? Und nun sehe ich, er ist auch noch berühmt! Ich dachte, Sie sind auseinander. Ich habe ihn hier lange nicht mehr gesehen. Zwei Welten, ich sag das einfach mal, zwei Welten, ein Wunder, daß das gutgeht, hat meine Frau gemeint.
Er wirft die leeren, in Zeitung gewickelten Kartuschen in den Mülleimer. Entschuldigen Sie, sagt er verlegen, vielleicht macht ihm seine unbedachte Vertraulichkeit nachträglich zu schaffen. Er hängt den Werkzeugkasten an den Arm. Wenn es Probleme gibt, rufen Sie mich, ich komme dann, aber das wissen Sie ja. Und wegen der Heizung schicke ich jemanden. Sein Blick fällt noch einmal auf das Plakat in meinem Rükken: wirklich schrecklich. Aber sonst haben Sie sich doch ganz gemütlich eingerichtet.
Er geht. Und ich folge ihm unüberlegt. Er muß glauben, ich wolle mit ihm kommen. Er sieht verunsichert zurück, bleibt stehen. Ich tue noch einen Schritt, bücke mich und entferne einen Stein von der Wiese, der die Messer jedes Rasenmähers zerschlagen könnte. Als ich mich wieder aufrichte, ist der Mann verschwunden.

Die beiden Männer in den orangefarbenen Overalls schnallen sich kleine Kissen auf die Knie, lassen sich fallen und zücken besondere Messer. Etwas größer als Küchenmesser, die Schneiden blank und schön geschwungen. Sie ziehen die Messer zwischen den Ritzen der Steine durch. Das Geräusch höre ich gern, ein leichtes, hohes Zischen. Der Jüngere macht die rascheren, sichereren Schnitte. Es gelingen ihm lange grüne Borten, obwohl bisher noch kaum etwas wächst. Eben denke ich, sage ich vorsichtig, wie sinnlos, was Sie da machen. Und um diese Jahreszeit, da wächst doch kaum was. Der Junge sagt, Aber es muß sein, und rechtzeitig, sonst hebt es die Steine. Dann erzählt er, vielleicht, weil ich nicht weggehe, sondern mich hinkauere und zusehe. Von Schlägereien in den Gasthöfen im Landkreis, auf Fußballplätzen und Schützenbällen, auf Viehmärkten und Erntedankfesten, bei jeder Gelegenheit. Die Austragungsorte und die Jahreszeiten sind verschieden, allenfalls noch das Essen und die Waffen. Die Getränke sind immer dieselben, Schnaps und Bier. Das weiß keiner hinterher, sagt er nachdenklich auf meine Frage, wie so ein Streit beginne. Ein schiefer Blick, du rempelst einen aus Versehen an, und schon schlägt er zu. Wegen Mädchen auch, aber meistens wegen nichts. Oder einer erfriert. Wußtet ihr, wie leicht

ein Besoffener erfriert? Er erzählt und erzählt, von den Platzwunden und gebrochenen Nasenbeinen, den zerrissenen Hemden im Sommer. Und dann die Hitze in so einem Sommerfestzelt. Und daß da schon mal einer hergeht und die Zeltplane schlitzt. «Lüften» nennt sich das. Und draußen steht einer an die Plane gelehnt und kriegt den Stich voll ab, wird geschlitzt vom Arsch bis zum Nacken. Und dann das Blut, das hättet ihr sehen sollen, der Blutfleck immer größer auf der Zeltplane, weil der ja noch dagegenlehnt und nicht nach vorne kippt, nicht mal laut geschrien hat er, war ja abgefüllt bis oben.
Das Blut tropfte vom Tisch runter, daß ein Mensch so viel Blut hat … ruft der Junge. Er richtet sich auf, schließt die Augen und wimmert fast, Du glaubst mir nicht, Albert, du glaubst mir nichts.
Der Alte wendet sich zu ihm, er legt sogar das Messer aus der Hand. Es sieht wie die Vorbereitung auf eine wichtige Erklärung aus, und dann blickt er doch nur auf die Uhr.
Sie arbeiten eine Weile schweigend, jeder in seinem Rhythmus. Ich habe hier nichts verloren, stehe auf und will gehen. Da sagt der Alte zu dem Jungen, Ich hoffe, du hast das nicht vergessen, meine Schwiegertochter hat heute Geburtstag, sie wartet ab vier Uhr.

Zu mir sagt er, Sie kommen doch auch? Es bleibt dabei? Sie können gleich mitfahren. In fünfzehn Minuten geht es los.

Ich sehe einen Mann aus einem Auto steigen, helles Hemd, helle Hose, dunkle Jacke, struppige blonde Haare, eine Pfeife in der linken Hand. Er blickt her, lächelt wie jemand, dem der andere viel bedeutet, und vergißt darüber, das Auto abzuschließen.
Oh, Besuch! Dann wird das ja wohl nichts, sagt der Alte unverhohlen enttäuscht. Ich sage freundlich, daß ich vielleicht später kommen werde. Es ist mir wichtig, freundlich zu sein.
Der Mann kommt schnell auf mich zu, er lacht jetzt hörbar und erlöst, wie jemand, der etwas befürchtet hatte. Und ich lächle zurück, obwohl ich überhaupt noch nicht weiß, wie es weitergehen soll.

# *Verlust des Landesinneren*

Damals flog man noch bis Agadir. Dann die lange Schiffsreise und der mehrstündige Transfer über Land. Man lud Leute, von denen man annahm, sie paßten zusammen, in den Jeep und fuhr ins Landesinnere, sagt der alte Mann zu dem Mädchen, das rechts neben ihm sitzt. Dann hört er wieder die Brandung auf Bordkanal zwei.

Bevor sich jemand, der links neben, vor oder hinter dem Mädchen sitzt, einmischt, sagt er noch schnell, Ich traue mich an Sie heran, weil Sie mich so herzlich angesehen haben. Scharlie, der hinter dem Mädchen sitzt, ist noch mit der neben ihm sitzenden Taucherin befaßt, die argwöhnt, daß er ihren Namen vergessen hat. Er beteuert, Taucherin sei ein Schmusewort, außerdem habe er sie vergangenes Jahr schon so genannt.

Die Fünfzigjährige, die vor dem Mädchen sitzt, umwirbt ihren Mann mit einer Banane, die sie schält und ihm reicht, wie einem Kind ein Eis. Sie legt ihm eine Serviette aufs Knie, sieht zu, wie er ißt und ist also auch beschäftigt.

Der alte Mann zeigt auf die gelben Knöpfe in seinen Ohren: Atlantikbrandung. Mit der Zeit kriegt man ein Gefühl dafür, mit der Zeit hört man immer mehr, vor allem, wenn man die Augen zumacht. Früher hatte er eher Angst. Es sei wie Verschwinden gewesen. Er habe sich nur mit offenen Augen hinzuhören getraut.

Die Reisebegleiterin greift sich das Mikrophon: Ich bin die Julia. Ich will Sie begrüßen, mehr nicht. Nicht, bevor Sie etwas zu trinken in der Hand haben. Nicht bevor wir eine wirklich stattliche Distanz in beide Richtungen geschaffen haben. Ich will Sie – noch einmal – begrüßen und Ihnen sagen: Es hat begonnen. Unaufhaltsam. Es ist in vollem Gange. Zwei Grad über Null. Schneeregen. Heizkosten. Nasse Füße, Streit, Rauswurf, Trennung – alles vergessen.
Für die Neuen unter uns: Augen zu. Augen auf. Augen zu … Auf … Zu … Auf!
Wohin Sie sich auch strecken, nach vorn, nach hinten, nach rechts, nach links, überall wartet jemand darauf, von Ihnen berührt zu werden. Wir wollen alle dasselbe. Lachen Sie nur! Es soll noch Leute geben, die die Insel buchen, aber nicht den Club.
Über dem Club ein wolkenloser Himmel, Wasser 22, Luft 25 Grad. Wind Süd-Südwest drehend …

Noch einmal für die Newcomer: an der Insel interessieren uns die Ränder, die Märchenstrände. Das Landesinnere, die Mitte der Insel? Ein Loch, denke ich … Ein letzter Hinweis: roter Kipphebel bedeutet Musik ohne Pause, weißer Kipphebel Meeresbrandung bis zur Landung. Ganz frisch, erst vorige Woche aufgenommen.
Der Tip, nicht nur für Anfänger: Fragen Sie Ihren Favoriten, wie lange er bleiben wird. Vier Wochen? Eine? Und erst dann strecken Sie sich … Julia wird sich wieder über der Sierra Nevada melden. Wenn es darum geht, die kommenden Tage zu gestalten.

Nichts, keine Ansichtskarten, kein Sonnenöl, keinen Sherry, keine Seife – nichts kaufe sie mehr in der Buticke, sagt die Fünfzigjährige, deutlich genug, daß es das Mädchen versteht. Alle bemühen sich um die Neue. Auch der junge Mann, den die Taucherin Scharlie nennt, ist interessiert. Ich kann dich verstehen, sagt die Taucherin, aber die ist nicht so leicht zu knacken. Ob sie was mitschleppt? Scheidung wohl nicht gerade, dafür ist sie noch zu jung. Aber Trennung?
Die Fünfzigjährige erzählt für die Neue gern noch einmal, was die anderen schon wissen: Beim Frühstück gibt es das drei Meter zwanzig lange Büffet. Die besten Tische reserviert man gleich

nach sieben Uhr, um viertel nach ist es schon zu spät. Die besten Plätze sind am Pool, sie liegen schon in der Sonne. Im Schatten ist es um diese Zeit noch eisig.
Scharlie sagt nur, Frühaufsteher, das klingt wie ein Schimpfwort, und die Fünfzigjährige zieht sich auf ihren Ehemann zurück. Scharlie und die Taucherin besprechen die Frühstück-Strategie: Geschirr, Sahne, Zucker. Für ihn keine Sahne. Aber für sie. Und gleich einen dritten Stuhl belegen für den Fall, daß die Neue dazukommen will. Jacke, Handtuch hingeworfen, und es bedeutet besetzt. Dann Spiegeleier ordern. Ob Josua noch da ist, Weltmeister im Eieraufschlagen?
Das Geschirr noch unterm Arm, sonst verliere man nur Zeit, schüttle sie die Kaffeekannen auf den Tischen, die vollste nehme sie mit... Ihr Mann beschaffe die vielen Sorten Marmelade, Käse und Wurst, sagt die Fünfzigjährige. Das habe sich schon eingespielt zwischen ihnen. Und die Plätze belege sie vor allem anderen. Und schaun, wo jemand sitzt, der einem angenehm ist, ergänzt Scharlie böse, damit man nicht an Greise gerät, mit ihren weißen Greisenspeisen.
Der alte Mann hört Brandung. Ein Wiedererkennen ist das. Hat mit unserer Herkunft zu tun. Das Meer, unsere wirkliche Heimat, sagt er zu dem Mädchen.

Nur bei Alonso kaufen, sagt die Fünfzigjährige. Der strengt sich noch an. Der besorgt einem, was man will. Mir besorgt er Warsteiner, der Geier weiß, wie er das macht, sagt ihr Mann schüchtern begeistert. Und mir Thymian, im 200 Gramm-Nesselbeutel! Frisch. Für den halben Preis, den ich in der Buticke zahlen müßte. Sparen ist ihre Leidenschaft. Halbpension empfiehlt sie, und zwar Frühstück und Abendessen. Weil die Fuhren mit neuen Gästen immer abends ankommen, montags aus Düsseldorf, dienstags aus Hamburg, donnerstags aus München, freitags aus Stuttgart, ist das Essen abends am besten. Für samstags, mittwochs und die Zwischenzeiten muß man eben vorsorgen. Auch dafür hat sie Ratschläge. Wer auf sie hört, fährt gut. Sparen ist das Hobby ihrer Generation. Damit hat sie ihr Pulver verschossen und kommt von nun an nicht mehr vor.

Auf das vorzeitige Ausklicken der Gurte reagiert ein Sensor mit der Durchsage, Wir bitten Sie, so lange angeschnallt zu bleiben und die Sitze in senkrechter Position zu belassen, bis das Signal über Ihren Sitzen erloschen ist. Das wird so lange wiederholt, bis der letzte Passagier seinen Gurt wieder eingeklickt hat. Das wirkt. Von nun an wird man das Klicken erst wieder hören, wenn das Signal über den Sitzen erloschen ist.

Ab heute abend sagen wir alle du zueinander, warnt die Taucherin die Neue. Ab heute abend muß alles bezahlt werden mit der Clubwährung. Dann kostet Sie ein *Sie* eine blaue Perle.
Der alte Mann erzählt von den Anfängen: Sie waren zehn Leute. Lauter Deutsche. Noch zwei Schauspieler außer ihm. Sie fuhren ins Landesinnere und führten pantomimische Szenen auf. Was ihnen einfiel. Nur mit Körper und Gesicht. Sie verstanden ja die Sprache der Einheimischen nicht. Es ist kein Spanisch und kein Afrikanisch. Sie blieben oft tagelang weg. Niemand suchte sie. Der Park war eine rote Wüste. Ein Paradies ist er erst mit den Jahren geworden. Er bucht immer dasselbe Zimmer zum Meer, den Balkon nach Nordwesten. Eine eingeschmuggelte Burgunderrose wuchert unter seinem Fenster. Alles wuchert. Tulipane, Narzissenbäume, Dattelpalmen, Rosenwälder, Zimtplantagen, Eukalyptushecken. Und dieser Duft. Dieses Zwitschern. Diese Lebkuchen-, Fanfaren- und Taschentuchbäume. Ich gehe hierhin und dorthin, sagt er, ganz früh morgens, wenn noch niemand auf ist, ich sehe mich um und höre mir alles an.
Früher ging er von Tür zu Tür und horchte, ob irgendwo ein Wasserhahn tropfte. Einen kleinen Werkzeugkasten, Draht, Rohrzange, Dichtungsringe, Densobinde … alles hatte er bei sich.

Er horcht immer noch auf, wenn irgendwo ein Wasserhahn tropft, aber er wird nicht mehr aktiv. Er wirbt auch nicht mehr für das wassersparende Duschen, niemand war dafür zu gewinnen. Schließlich bezahle man teuer genug dafür, bis zum Hals in Süßwasser zu sitzen, hieß es.
Früher gab es Süßwasser nur in Flaschen. Heute hat der Club seine eigene Meerentsalzungsanlage. Heute wird mit Wasser gepraßt, zum Beispiel wird der Park jeden Morgen stundenlang gesprengt.

Scharlie versucht es bei dem Mädchen auf andere Weise: Wenn ich dran denke, wie ich mich gequält habe. Einen Tag lang hielt ich es durch. Die anderen waren in der Nähe und ließen mich in Ruhe. Aber wenn sie dann aufstanden und weggingen. Wenn das Reden und Lachen immer leiser wird, wenn du nur noch das Lachen hörst und dann gar nichts mehr – ich lief leer wie ein rostiger Eimer. Ich kenne das. Wir werden sehen.
Er verliert sie nicht aus den Augen. Sofort hat sie ihm gefallen. Kaum gesehen, schon mochte ich dich. Aber denk dran, hier ist changing angesagt, und du hast mehr Konkurrenz als ich.
Man sieht sich um und kennt die meisten. Und mit keinem hat man Streit gehabt.

Wachsam mußt du trotzdem sein, sagt die Taucherin.
Der mit den roten Knöpfen im Ohr ist Leo. Schlechter Surfer. Milder Typ. Aber ein Schlitzohr, sagt Scharlie. Seh ich doch im vergangenen Jahr, wie Leo sich an Gini ranmacht. Gini trägt eine Halskette aus lauter roten und blauen Perlen. Sein Dad zeigt nämlich gern, was er hat, und hängt es an seinen Sohn und seine Frau. Ahnungslose, zum ersten Mal da. Weiß wie Mehlwürmer. Rote Perlen, das haben wir geübt, sind 2000 Ptas wert, blaue 1000 Ptas … Und Leo schmust Gini alle Perlen ab und tauscht sie gegen gelbe und grüne ein, die 200 Ptas, 100 Ptas wert sind …
Mein Boris sieht, wie Leo sich an Gini heranmacht, ergänzt die Taucherin. Schlicht, wie er nun mal ist, schlägt Boris Krach. Und den Scharlie will er als Zeugen.
Scharlie macht aber das einzig richtige, er kann sich an nichts erinnern. Boris ist erledigt. Und ich mit. Wir werden von allen geschnitten. Das ist schon in Ordnung. Streiten ist hier tabu. Man läßt sich seinen Urlaub nicht vermiesen.

Der Steward serviert Sekt oder Grenadillensaft oder ein Gemisch aus beidem. Vielleicht ist das gar nicht der Steward, sondern Derrick, sagt Scharlie zu der Taucherin.

Derrick, sagt er zum Steward, sind wir nicht zu beneiden? Und der Steward sagt, Ich bin nicht Derrick. Ich bin der andere. Der Steward und Derrick sind verfeindet. Bei Zwillingen merkwürdig. Ich würde ihn nie verwechseln, sagt die Taucherin schwärmerisch, Derrick ist der beste Animateur zwischen Nordsee und Karibik. Ginge Derrick in der nächsten Saison nach Miami, ich würde ihm folgen: Derrick Löwenherz, Derrick Optimist, Derrick …
Derrick King Kong, höhnt Scharlie, und der Spaß ist zu Ende.

Die Taucherin soll dem Mädchen sagen, warum der Club das richtige für sie ist. Schwierig wird es nämlich, wenn du glaubst, du hast den falschen Ort gewählt und das falsche feeling, meint Scharlie.
Die Taucherin weigert sich. Sie weiß ja nicht, was sich das Mädchen wünscht. Die Taucherin weiß nur, was sie selbst will. Und das bietet der Club. Derrick zum Beispiel. Und Urlaub total. Ausgefüllt müssen die Tage sein, kein Fingerbreit Luft dazwischen, kein einziger Hänger. Nicht plötzlich dastehen, im Zimmer, im Meer, egal wo, jedenfalls alleine. Und die Fassung verlieren. Spüren, wie man immer weniger wird. Im Club passiert das auch nicht. Wer getröstet werden

will, klagt, wer klagt, wird getröstet. Derrick holt jeden aus seinem Bunker. Die Neue hört nicht zu. Sie lauscht auf die Brandung. Gottchen, sagt die Taucherin und wendet sich wieder Scharlie zu.

Während Scharlie die Taucherin fragt, ob sie wieder eine Trennung hinter sich habe und die antwortet, sie habe immer eine Trennung hinter sich, wenn sie herkomme, erfährt der alte Mann von dem Mädchen, daß es nur eine Woche auf der Insel bleiben wird. Er findet das unvorstellbar kurz, er klagt, daß er sie sich am liebsten gleich wieder aus dem Kopf schlage, warum er sich überhaupt auf sie eingelassen habe? Weil sie so da sitze, beunruhigt, aber mit der furchtlosen Mimik von Landmädchen, und ob sie die Augen immer so offen halte, als sei es unschädlich, den Leuten so ins Gesicht zu sehen. Sofort stellt er sich vor, in welchen Rollen er sie sehen möchte: als Magd Poncia in Bernarda Albas Haus, als Wassa Schelesnowa. Als hätte sie schon alles gelernt, als wüßte sie, was Schauspielkunst ist, nämlich, nicht immer gleich alles zu geben …

Die Taucherin ist mit Boris auseinander. Und hat endlich Tauchen gelernt. Was heißt gelernt, sie konnte es ja schon auf dem Trockenen, aber sie hat endlich einen Kurs im Club belegt. Das war

vergangenes Jahr. Boris hat gesagt, Du oder ich. Und sie hat geantwortet, Ich. Daraufhin ist er aus dem Club ausgetreten. Sie kann es noch nicht fassen. Es gibt zwei Tauchschulen auf der Insel. Eine ist die falsche. Jedes Jahr ertrinkt jemand. Das wird vertuscht. Wer in die falsche gerät, ist selber schuld. Man kann sich ja umhören. In der falschen ist der Tauchkurs härter. Der Übungsleiter reißt dir plötzlich die Maske vom Gesicht oder er dreht dir das Flaschenventil zu. Da lernst du zu reagieren. Oder du machst einen Abgang. Nachweisen kann man ihm nichts. Das Flaschenventil bleibt ja nicht geschlossen.
Sie hat viel in Boris investiert, sagt sie. Alles über das Tauchen gelernt, um ihn abfragen zu könnnen: Nullzeit. Sind schnelle Aufstiege aus der Nullzeit heraus immer ungefährlich? Berechne die Nullzeit für einunddreißig Meter. Du warst zweiunddreißig Minuten auf vierzig Metern Tiefe. Wie mußt du dekomprimieren … Erstell einen Tauchplan für einen Tauchgang von zwanzig Minuten auf vierzig Metern Tiefe mit einem Zwanzig-Liter-Gerät … Nenn mir die Symptome der Caisson-Krankheit … Was passiert mit dem ausgeperlten Stickstoff bei der Rekompressionsbehandlung … So was hat sie ihn abgefragt. Und das Ergebnis kennt Scharlie ja, ihr Boris wurde der Größte.

Sekt? Grenadille? Sekt mit Grenadille? Dem Mädel spendiert Scharlie einen Sekt. Er nennt sie nur noch Mädel. Den alten Mann erinnert das an die Nazizeit. Auch diese *Entwarnungsfrisuren* und die wadenlangen engen Röcke. Aber er sagt nichts, denn die Nazizeit ist für Leute wie Scharlie graue Vorzeit.

Heute sind alle Dörfer im Landesinneren verlassen, die Einheimischen sind an die Küsten gezogen. Sie waschen den Touristen die Wäsche und bringen ihnen Getränke an den Pool oder an den Strand. Sie putzen die Zimmer und die Schuhe.

Erst kamen die Jungen. Und als die Alten es allein nicht mehr schafften auf ihren Höfen, folgten sie den Jungen. Zuerst wohnten sie in Zelten. Weil das die Touristen verscheuchte, wohnen sie jetzt in schönen Wohnungen im Club. Sie sind keine Fischer, sie sind Bauern. Und sie hassen das Meer. Josuas Vater zum Beispiel sitzt den Tag über mit dem Rücken zum Meer und wartet, bis Josua nach Hause kommt. Josua macht morgens zweitausend Spiegeleier, er schlägt die Eier gleichzeitig mit beiden Händen auf.

Würde man die Insel überfliegen, könnte man erkennen, wo die Dörfer waren: verfallende Mauern, Kirchen, Marktplätze, Arkaden, Brunnen, Windräder mit braunen Wimpeln …

Früher wurde gewarnt: Fahrt nicht allein ins Lan-

desinnere. Fahrt zu mehreren. Leute verschwinden. Die Nächte sind eisig. Heute interessiert sich niemand mehr für das Landesinnere.
Ich wußte alles über das Tauchen, sagt die Taucherin grimmig. Ich konnte überall eingesetzt werden, zum Sauerstoffflaschen füllen, Bier zapfen, Anzüge kleben, Chauffieren … Ich habe darum gekämpft, daß im Club Notaufstiege geübt wurden – ich hab die Schröpfköpfe abgeschafft … öfter mal schnauben beim Tauchen, stammt von ihr.
Aber meinst du, sagt sie, und ihre Fingerspitzen kreisen auf den Schläfen, meinst du, Boris hätte mich ein einziges Mal gefragt, ob ich nicht Lust hätte zu tauchen? Und ich! Daß ich nie darauf gekommen bin zu sagen, Ich will das, ich kann das. Sie hat ihn zum Baggersee kutschiert, zu den Wettkämpfen, in die Berge. Liegt ein Bergsee höher als siebenhundert Meter ü.M., können normale Nullzeit- und Dekompressionstabellen nicht mehr helfen, man muß rechnen können. Sie kann das.
Scharlie wartet darauf, daß sie sich beruhigt. Was die Taucherin erzählt, interessiert ihn herzlich wenig. Denn er taucht nicht, er surft. Daß er ihr trotzdem zuhört, ist wohlüberlegt. Er könnte nicht unauffälliger das Mädel beobachten. Außerdem hat die Taucherin auch ihm zugehört, als er

von seinem letzten Absturz erzählte. Eine Traumfrau, ein bißchen fett, aber fest. Und groß. Verheiratet. Na gut, das wußte er. Aber nicht, daß sie neben ihm noch einen zweiten Lover hatte!
Scharlie wird dem Mädel die Geschichte vielleicht erzählen. Wenn es ihm nützt, reißt er sich den Brustkorb auf.
Oder er wird ihr über seinen Beruf erzählen, nicht viel, aber Beeindruckendes. Über die halbjährige Ausbildung zum Präzisionsschützen. Nach sechs Jahren ist man erst gut. Noch mal fünf oder sechs Jahre ist man in Hochform. Und dann ist Schluß. Etwa mit 43 Jahren. Man wird nämlich immer vorsichtiger, und eines Tages schießt man überhaupt nicht mehr.
Scharlie ist ein großer Surfer. Und er wartet geduldig auf den Moment, wo er sich zwischen den Alten und das Mädel schieben kann.
Surfen ist leicht erlernbar, es macht Spaß. Im Club gibt es ein Tandem. Vielleicht steigt sie zu ihm. Sie muß etwas unternehmen, nur so kann sie den Animateuren entkommen. Das will sie bestimmt, so schätzt er sie ein. Wenn sie nichts macht, werden die Animateure sie jagen. Das ist ihr Job. Für ihn steht fest, daß es schwieriger ist, eine Woche zu verplanen, als zwei Wochen. Er kann sich gar nicht vorstellen, wie sie das anpakken will.

Der alte Mann entschuldigt sich bei dem Mädchen. Was er gesagt habe, sei Unsinn. Als er das erste Mal auf der Insel war, hatte er auch nur eine Woche. Und sie war lang wie eine Ewigkeit. Er hat auf dem Balkon geschlafen. Oder am Strand. Er ist nie lange im Zimmer gewesen. Nie ins Bett gegangen. Er hat nicht einen einzigen Lufthauch versäumen wollen. Man kann sein Leben intensivieren. Man kann das lernen. Sieben Tage, das sind hundertachtundsechzig mal sechzig Minuten … Das war vor zehn Jahren. Abzüglich Warten auf das Gepäck und Transfer: blieben noch fünf Tage. Transfer auf roten Schotterstraßen, dreieinhalb Stunden, roter Staub, der einen panierte wie Mehl. Und war man endlich angekommen, am südlichsten Zipfel der Insel, stürzte man zum Strand, rannte durch das Seichte, es staubte rot aus Schuhen und Hose, man rannte ins Meer, wie in den Tod, nur das Gepäck ließ man zurück.

Die Passagiere werden gebeten, sich wieder anzuschnallen, die Maschine wird gebeutelt, und der Kapitän erzählt von Schlechtwetterzonen, die sie noch durchfliegen. Noch sind sie im Dezember Europas, niemand soll das vergessen. Jenseits der Sierra Nevada wird es aufklaren.
Scharlie, die Taucherin oder Leo interessiert das Geografische der Reise nicht. Niemand will die

Berge sehen, weder auf der Karte noch in Wirklichkeit. Nicht die Biskaya, nicht die lange Gerade der Côte d'Argent. Die Älteren verglei-chen gern die Karte mit der Wirklichkeit: Sant-ander. Bilbao. Und auf dem Sprung, ganz vorn, La Coruna. Manchmal ein Schiff in einem Delta, schönfärbendes Schmutzwasser fließt ins Meer.
Leo erkennt Scharlie und winkt. Bei der nächsten Gelegenheit wird er herkommen. Er surft nicht nur, er spielt auch Tennis. Er wird in dem Mädel etwas Neues entdecken und labern.
Leo hat wieder ganz kleines Gepäck. Wahrschein-lich nicht mal T-Shirt und Unterhose zum Wech-seln. Nach ein paar Tagen aber hat er schicke Klamotten, er findet immer Gönner und Jobs. Er legt Wert darauf, als Single geführt zu werden. Ihm spendiert man Drinks dafür, daß er schweigt. Er pflegt und repariert Surfbretter, da-von verstehen die im Club noch nichts, er kann schöne Schwerter schnitzen, was im Club an Schwertern angeboten wird, verdient seinen Na-men nicht.
Die Taucherin, Scharlie und Leo wollen zusam-men mit dem Mädel einen trinken. Derrick wird gerufen. Aber der darf bei diesen Turbulenzen nicht servieren.
Mit der Taucherin, Scharlie, Leo und dem Mädel wäre schon beinah die Sechsertischrunde für den

Abend zusammengestellt. Wenn ein Tisch nicht voll besetzt ist, darf nicht mit dem Essen begonnen werden. Eine alte Clubsitte. Und jeden Abend muß man den Tisch wechseln, was bedeutet, neben anderen Leuten zu sitzen. Die Absicht kann man unterlaufen, indem sich die Wunschrunde an einem anderen Tisch niederläßt.
Nichts dem Zufall überlassen. Oder einem Greis. Sofort sagen, Entschuldige, du sitzt auf meinem Platz. Sonst sitzt er einem gegenüber und mampft und prahlt, was er alles ausgehalten hat in seinem Leben. Hat er Narben, zeigt er sie auch. Und wieder sind wir beim Thema: Altersbegrenzung, ja oder nein.

Der alte Mann erzählt. Man fuhr ins Landesinnere, auf kaum erkennbaren Pisten. Die wilden bunten Ziegen folgten einem kilometerweit. Wir begegneten kleinen Karawanen, die auf dem Weg zum nächsten Markt waren. Mit Flöten, auf denen sie drei Töne bliesen, lockten sie die Ziegen mit sich auf die Märkte. Dort wurden sie ihr Eigentum, sie durften die Ziegen verkaufen oder mit nach Hause nehmen. Viel mehr ist nicht zu berichten, sagt er, aber die Verführung ist groß, weiterzuerzählen. Vom Wind. Der durch Kleider und Haut, bis auf die Knochen drang. Und alles, die Dinge und die Welt, in Bewegung brachte.

Nur wenn man lange genug hinsah, kam Ruhe ins Bild. Man gewöhnte sich an unbekannte Farben und Augentäuschungen. Man streckte nicht mehr den Arm aus nach einem dreißig Kilometer entfernten Hügel.

Julia ruft: Wir haben die Turbulenzen hinter uns. Was Sie da sehen, so schön blau mit weißen Zinnen, ist die Sierra Nevada. Gurteklicken. Der Steward darf wieder servieren.
Julia stellt fest, nun habe man einander kennengelernt oder wiedererkannt. Und damit nicht noch mehr von den kostbarsten Stunden des Lebens vertan wird, kann schon an Bord geordert werden: das Surfbrett, der Tennisplatz, die Übungsstunde... Sollte jemand unter den Passagieren sein, der nicht so recht weiß, warum er gerade diese Insel gebucht hat und nicht eine der üppigeren, charmanteren, fruchtbareren Schwestern mit Historie, dann hilft man ihm auf die Sprünge. Die Zeit hier ist Netto-Zeit. Keine Ablenkungen, kein Bett zu besichtigen, in dem Carlo der Eroberer hauste, keine Fresken, keine Altstadt, keine tertiären Riesenfarne, keine Höhlen der Ureinwohner, keine Schriften, kein Humboldt-Ausblick. Es gibt nur die Strände und das Meer. Und die Clubs verschiedener Kategorien. Und hinter den Clubs beginnt die Wüste.

Ihr Club, sagt Julia, hat zwei neue Tennisplätze eröffnet, die Zahl der Boards hat sich verdoppelt… Julia läßt die Liste herumgehen. Alle Strände haben ihre Gütezeichen, die richten sich nach den klimatischen Bedingungen, nach den Winden. Sie verteilt Orientierungskarten, die es beweisen, das Landesinnere gibt es nicht, es ist weiß. Groß, schräg und wie ein Befehl ist hineingedruckt: *Desert.*

Laß mich, ich komm gleich drauf, warte warte, ich hab's: Du bist der Leo! Wann warst du auf Sylt? Wir hätten uns begegnen können. Die Boards waren schlecht im Schuß, außerdem schlecht eingekauft, zu wenig Kielsprung, haben unterschnitten, kamen auf dem Wasser zu spät zum Gleiten.

Leo hat dazugelernt, Stopphalse, Sprungwende, alles drauf. Die Sprungwende vielleicht noch nicht ganz fotogen, er wird sie Scharlie vorführen. Was ist schlimmer, fragt Scharlie, Beulen oder Dellen. Leo zaudert: Dellen… Dellen deswegen nicht, weil sie zeigen, daß der Schaum mit der Außenhaut noch gut verbunden ist. Beulen zeigen, daß sich die Außenhaut vom Schaum gelöst hat…

Sie ist, wie ich war, sagt die Taucherin von dem Mädchen. Warum redet sie immer nur mit dem

Alten. Leo erzählt, sie hatten sich wieder ihr Lustloch hinter der zweiten Bucht geschaufelt und waren da tätig. Plötzlich ganz dicht neben ihnen: Ping Pong, Ping Pong... Wir gehen nicht weg, wir spielen immer hier, sagte eine Greisin. Ping Pong... Wir räumten, sagt Leo, wir sagten, Das Grab ist ausgehoben, steigen Sie rein, wir schaufeln zu. Leo lacht nie, wenn keiner lacht.

Eine Altersbegrenzung bei fünfzig wäre zu niedrig angesetzt, findet die Taucherin. Sechzig? Man müßte sich nur einig sein. Wahrscheinlich wird die Entscheidung wieder verschoben auf nächstes Jahr.

Für die Taucherin ist dieser Urlaub ein Test: Komm ich wieder an? Das Gefühl, kein Outcast zu sein, ihr versteht, was ich meine.

Wovon leben die Ziegen? Von Ziegendorn? Von Salzen und Mineralien, die sie von den Steinen lecken? Und wie stillen sie ihren Durst? Mit Nachttau, den sie einander vom Fell lecken?

Gelegentlich kommen sie bis an die Autopiste, sie überqueren sie nie. Sie stehen und schauen aus ruhigen hellgelben Augen. Irgendwann verschwinden sie wieder ins Landesinnere. Wir sollen ihnen folgen, sagen die Einheimischen voll Zorn. Wenn es ihnen gelingt, eine Ziege zu fangen, erschlagen sie sie.

Manchmal waren die Wege verweht. Dann mußte man Zeichen lesen können, aufgeschichtete Steine, ein kleiner Stein auf einem großen Stein, ein Steinturm, eine Steinschüssel, ein Kreis aus Steinen, ein Viereck aus Steinen – Wegweiser zurück ins Leben. Wenn man in ein Dorf kam, wurde man begrüßt, wie ein Überlebender. Man wurde bewirtet. Es gab Goffio, Wein. In einem Sack aus Ziegeneuter wurde ein Teig aus Honig, geröstetem Mehl und Öl geknetet. Das war Goffio. Den Wein haben sie selbst angebaut. Die Rebenranken lagen in roten Erdmulden, in den langen Trockenperioden genügte den Reben der Nachttau. Überall in den Dörfern gab es große Wasserreservoire, wie Schwimmbecken sahen sie aus, aber niemand durfte auch nur den Finger hineintauchen. Sie waren der Reichtum und der Stolz der Einwohner. Sie wurden rund um die Uhr bewacht.
Was Landnahme sei, will das Mädchen wissen. Und ob sich ein Auto auftreiben lasse.
Das Landesinnere kann rot sein, wie rostiges Eisen, auch blauschwarz, wie nasser Basalt. Ein Auto läßt sich auftreiben, sagt der alte Mann.

Scharlie verabredet sich mit der Taucherin und Leo für das morgige Frühstück, nicht vor zehn und nicht nach elf. Wenn Sie dazukommen wollen, sagt er zu dem Mädchen. Die hat aber den weißen Hebel gekippt und hört Scharlie nicht. Halten wir mal fest, sagt der alte Mann zu Scharlie, daß sie den weißen Hebel gekippt hat, diese Runde geht an mich.

# *Das Einfache der Erdanziehung*

Ich habe gemacht, was er auch für mich macht, wenn ich verreise: Eier gekocht, Kaffee gebrüht, Zeitung geholt. Ich habe geheizt. Morgens fröstelt er, anders als ich. Mir ist morgens immer ausreichend warm, egal, wie kalt die Wohnung ist. Ich hoffe, daß es mir gelingen wird, bis zum Frühstück die Zimmertemperatur auf zweiundzwanzig Grad zu bringen. Ich denke auch daran, wieder ins Bett zu kriechen, wenn er erst weg ist.
Der Himmel ist wolkenlos. Es ist warm. Schon fünfzehn Grad. Und das morgens um fünf. Im März. Die Luft ist klar. Keine Dampfwolke über dem Kernkraftwerk. Keine Gerüche von der Müllverbrennungsanlage oder der Hefefabrik. Einige Dachstühle werden ausgebaut. Überall diese großen ungenutzten Dachböden. Würden nur alle Hausbesitzer dazu verpflichtet, ihre Dachstühle auszubauen, vorhandenen Raum zu nutzen, anders parzellieren zu lassen, es gäbe

keine Wohnungsnot, habe ich gelesen vor Wochen, als die ersten Flüchtlinge kamen.
Die Bäume sind gewachsen, die Birnbäume mehr als alle anderen Bäume in diesem verdorbenen Fünfeck. Noch heute werden die Knospen explodieren. Der Blüten und der Blätter. Ich genieße den Augenblick. Ich bin wunschlos. Darüber bin ich begeistert. Das will ich ihm mitteilen.
Ich will Roland – seinen Namen spreche ich französisch aus oder gar nicht – auf den Himmel aufmerksam machen, auf die Bäume, die Knospen, die heute noch aufbrechen werden. Noch nie habe ich so einen Himmel gesehen, das Blau gleich intensiv im Hintergrund wie im Vordergrund. Ich bin wunschlos und begeistert darüber. Nichts ist mutiger, als wunschlos zu sein. Der Zustand ist ganz und gar körperlich. Ich fühle ihn auf der Haut wie einen guten trockenen Stoff.
Ich würde Roland nur erzählen, was ist, und er müßte nicht antworten. Damit käme ich ihm entgegen, seiner Abneigung, am Morgen zu antworten. So wie er mir entgegenkommt, wenn ich verreise, und meine Zudringlichkeiten klaglos erträgt.
Was war das für ein Jahr. Der trockene, nicht enden wollende Sommer. Der kurze Herbst. Der milde Winter. Mit seinen Revolutionen im Osten und seinen Wetterkatastrophen im Süden. Und

auch dieses neue Jahr hat ungewöhnlich begonnen. Überall Spuren von Verwüstung. Eine Serie von Orkanen. Überschwemmungen. Einhundertfünfzig Menschen starben an den Unwettern. Der stürmischste Winter des 20. Jahrhunderts. Der mildeste Februar seit Beginn der Messungen im Jahre 1881. Und morgen wird vielleicht schon in der Zeitung stehen, die früheste Baumblüte seit Menschengedenken.

Ich suche und finde Roland in der Küche, kniend, seine Schuhe putzend, ganz darauf konzentriert und eigentlich nicht zu stören.

Er tupft die Bürstenspitze in die dunkelrote Schuhcreme und läßt sie auf dem Oberleder kreisen. Ein feiner Sprühregen in Dunkelrot geht auf den Fußboden nieder. Gelegentlich fliegen Spritzer davon, ich verfolge, wohin sie fliegen, gegen den Tumbler oder noch höher hinauf, gegen die Gefrierschranktür, auch auf das Stuhlkissen.

Der schöne Zustand ist verklungen, ich weiß ja, daß so ein Zustand nicht zu halten ist.

Roland putzt die Schuhe immer an den Füßen. Wenn er helle Socken trägt, ist er vorsichtiger, als wenn er dunkle Socken trägt. Er putzt die Schuhe erst dann, wenn er es für nötig hält, nach meiner Auffassung zu spät. Er putzt mit dem Rücken zum Licht.

Wieder einmal ließe sich beweisen, wie schweinisch seine Schuhputzmethode ist. Aber ich drehe unauffällig das Stuhlkissen um und sage nichts. Hätte ich ihm rechtzeitig, in Moll, vorgeschlagen, die Schuhe auf eine Zeitung zu stellen, er hätte es gemacht. Er muß nur erinnert werden. Ich fahre dann, sagt er, ich tue, als wüßte ich, wohin er fährt und bereite ihm Salate und Brote für die Reise.

Eingedenk seines Grauens am Morgen vor starken Gerüchen habe ich mein Zimmer geheizt, den Tisch freigeschaufelt und für sein Frühstück gedeckt. Ich habe keinen Fehler gemacht, nichts vergessen, nicht die Streichhölzer und nicht ein zweites Wachslicht für das Stövchen.

Und hoffe nur, daß ich nicht doch noch gelobt werden will, daß ich es ungelobt durchstehe, bis er weg ist.

Er sieht auf die Uhr. Ich denke, um sechs kann ich weg sein, sagt er.

Sofort möchte ich aufzählen, was alles ich tun werde, wenn er erst weg ist. Man kommt zu nichts, es ist so viel liegengeblieben, möchte ich sagen, wir sind auch dauernd miteinander, miteinander im Gespräch, miteinander im Streit, miteinander unterwegs. Immer in Ruf- und Greifweite.

Zu zweit ist man inaktiv, einer zieht den anderen runter, der momentan Schwächere den momen-

tan Stärkeren. Ich denke auch daran, wieder ins Bett zu kriechen, wenn du weg bist, möchte ich sagen.
Es ergibt sich, daß er gleichzeitig sagt, Schlaf doch weiter, und ich klappe zusammen unter einem Verdacht. Er spürt das und wiegelt ab: Ich mag um diese Zeit nicht reden, das weißt du doch. Er lacht sein schlichtendes Gaumenlachen. Das Segel seines Gaumens – er kommt gut weg.

Ich unterlasse alles, was ihn aufregt und gegen mich einnehmen könnte, wie er das auch macht, wenn ich verreise. Ich frage nicht, ich singe nicht, es gibt auch nichts zu lachen. Ich habe mich nicht zwischen ihn und das Waschbecken geschoben, mich nicht zu ihm unter die Dusche gezwängt mit der Behauptung, Das brauche ich jetzt.
Morgens ist er unberührbar. Sein Körper fleht um Distanz. Nie ist er ausgeschlafen. Wenn er aus dem Berufsleben ausgestiegen sein wird – er zählt die Tage –, wird er seinen Traum verwirklichen: täglich länger schlafen, immer tiefer in den Tag hinein, immer später ins Bett gehen. Weil der Wach- und Schlafrhythmus dem Menschen aufgezwungen worden und nicht sein eigener sei, behauptet er. Unsere Freunde sagen, Ihr seid so verschieden, daß ein Zusammenleben mißlingen muß.

Ich bin Frühaufsteherin, morgens guttemperiert, hellwach, beweglich, bedürftig nach Berührung. Gelegenheiten nehme ich mir. Auch unter seinem geräumigen Bademantel ist Platz für zwei. Glücklicherweise bin ich morgens fast taub und daher unempfindlich für die Gemeinheiten, mit denen er mich abzuwehren versucht, denn ich störe ihn auf. Verstünde ich, was er gesagt hat, müßte ich Konsequenzen ziehen und für immer verschwinden.
Er ist nicht eigentlich schlechtgelaunt. Nur in sich gekehrt und wortlos. Er kommt aus Gefilden, über die er nicht reden mag. Frühestens beim Frühstück entschuldigt er sich. Es fällt ihm leicht. Ich weiß zwar nicht, wofür er sich entschuldigt, ich hatte ja nichts verstanden, morgentaub wie ich bin, aber ich hätte gern, daß es ihm schwerer fiele.

Das Telefon läutet. Um diese Zeit! Das kann nur Leipzig sein. Mein Patensohn.
Ich renne zum Telefon, denn bei jedem Läuten stöhnt Roland auf. Morgens schrecken ihn nicht nur Gerüche, Fragen und Rufe, mein Lachen, Nachrichten, sondern alle Geräusche – lauter Angriffe auf seinen französischen Zustand am Morgen.
Erbarmen, Roland, sage ich. Wollte ich ihn wirk-

lich ärgern, würde ich seinen Vornamen deutsch aussprechen. Mein Patensohn steht zu dieser Stunde auf dem kalten Flur im noch bewohnbaren Nordflügel eines ungewöhnlichen Hauses, das mein Elternhaus gewesen ist. Die Mauern aus blauschwarzem Basalt legen sich wie Arme um einen Gartenhof. Mit seinem mächtigen Mansardendach aus blauem Schiefer, seinen Steinen aus fernen Brüchen, seinen archaischen Proportionen hatte ich es geliebt, unbezwingbar erschien es mir, bei Gewitter und Fliegeralarm.
Die Beziehung meines Patensohns zu mir besteht erst seit der Wende und ist zur Zeit eng, schließlich bin ich abgehauen, als ich so alt war wie er heute ist.
Ich sollte ihm endlich sagen, So geht das nicht weiter, diese Anrufe morgens oder nachts, das halten wir nicht aus.
Beim dritten Läuten bin ich am Apparat und reiße den Hörer an mich. Ich warte den Moment, den jeder zur Besinnung braucht, der in diesen Tagen aus dem sogenannten Osten in den sogenannten Westen unseres Landes telefoniert oder umgekehrt.
Ich kenne sie ja, diese Verblödung am Telefon, wenn man in dieses ferne Land anruft oder von dort angerufen wird: Man wählt Ziffern. Das Leben geht weiter. Man wählt und geht. Kommt

und wählt. Schläft und wählt. Dumpfheit kommt auf, man wird fatalistisch. Und plötzlich steht die Leitung, nachts um zwei oder – wie jetzt – morgens um fünf. Und fassungslos über den Erfolg kann man nicht sprechen.

Mein Junge, mein Herz, sage ich ins Telefon, du sollst dich ein für allemal nicht entschuldigen dafür, daß du so früh oder so spät anrufst. Außerdem wird auch das eines Tages nicht mehr als eine üble Erinnerung sein.

Aber mein Patensohn schreit, Es ist schon so lange Neuzeit, und immer noch dieser Irrsinn, wenn man telefonieren will. Es muß doch jetzt alles ganz schnell gehen! Eine neue Zeitrechnung muß her, die nach einem Menschenleben zählt, schreit er. Er schreit neuerdings immer.

Er versäumt nicht, sich zu bedanken für unser Angebot, bei uns zu wohnen. Aber er werde nicht im Westen studieren. Es werde ja auch inzwischen von einer Malus-Regelung an unseren Universitäten gesprochen.

Außerdem bekomme er überall zu spüren, wie beschränkt er sei, obwohl er im Osten einer der Besten war. Und außerdem will ich ganz schnell wissen, wie das ist: das Ende der Leibeigenschaft, auch der monetären, schreit er.

Ab April wird er Töpfe spülen zwischen Puttgarden und Rødby, auf der «Danmark», er wird vielleicht überhaupt nicht studieren und Koch lernen. Und vorher müsse er sich schnell noch ein paar Wünsche erfüllen. Ob ich nun enttäuscht sei. Ich sage, Ich bin doch keine Fundamentalistin. Was du vorhast, ist ein Übergang. Hauptsache, du bleibst nicht drin stecken. Außerdem, wer krank ist, will nur eins. Wer gesund ist, will alles … Wie es meiner «Batavia», dem alten Rosenstock im Gartenhof geht, weiß er nicht, aber er will sich darum kümmern. Ich verspreche ihm, daß ich ihn auf der «Danmark» besuchen werde. Das ist ein schöner Abschluß unseres Gesprächs.

An meinem Zeigefinger baumelt das Transistorradio wie ein Tändeltäschchen: Die weiße Hirschkuh, aus dem Tierpark von Bitterfeld entlaufen, ist seit zehn Wochen gut für eine heitere Meldung. Sie wurde gesehen in Wolfen. Sie ist scheu und gewitzt und sieht gut genährt aus.
Roland packt, während ich ihm berichte, warum mein Patensohn nicht studieren und also auch nicht bei uns wohnen wird. Roland schweigt. Und packt. Nur für den erkennbar, der seine Mimik zu deuten weiß, schwankt er zwischen Erleichterung und Verachtung.
Ich gehe in die Küche, ich betrachte meine originellen Dekorationen, ich bin für originelle Dekorationen bekannt. Die auf Tortenplatten zu

Feldern hochgezogenen Kressesamen sind abgegrast oder verwüstet, die Jäger und ihre Meute aus Zinn sind gefallen. Die Lauchtorte ist fast unversehrt, Beweisstück für eine geplatzte Party. Ein Glas ist kaputt. Eins von denen aus dem hohen Norden. Nicht zu ersetzen. Der Glasbläser muß die Ränder mit den Fingerspitzen erschreckt haben, als sie noch weich waren. Keins ist wie das andere. Der Mund sucht den Rand ab und findet die Stelle, die ihm paßt: man trinkt wunderbar daraus.

Ich habe immer gedacht, wenn Roland da ist, kann über alles gestritten werden. Daß es endlich einmal wieder hoch hergehen würde, hatte ich begrüßt. Roland würde mir zu Hilfe kommen, wenn ich beleidigt würde, er würde sich duellieren für mich. Er schätzt ja meinen Eigensinn.
Vaclav Havel saust durch sein Land, auf dem Rücken seines Parka das Wort «Erneuerung» schleppend, seinen Schwestern und Brüdern sagt er, Unsere Seelen sind krank, weil wir anders gedacht als geredet haben... Dieses Stadium haben unsere Brüder und Schwestern übersprungen, sie demonstrieren für Wahrung des Besitzstands, Lohnerhöhungen und so weiter. Arbeitslose demonstrieren Hoffnungslosigkeit. Als «gelernter DDR-Bürger» trauert man seiner

Leibeigenschaft nach. Die Verklärung hat begonnen. Nicht mal die SED wurde verboten. An aschegraue Bruchbuden sind riesige Satellitenschüsseln gedübelt, und auf den Gehsteigen, die aus vierzig Jahren Dreck bestehen, parkt blank der Neuwagen. Ich zitierte eine der zahllosen Damen-Perücken, die hinter dem Tresen eines Arbeiterwohnheims in Schwedt ihren undurchschaubaren Schichtdienst taten: Ihr habe die sogenannte Wende nichts gebracht, schließlich sage sie heute nicht mehr als früher.

Ich wurde immer lauter: Die Mehrheit demonstriert Hoffnungslosigkeit, denn in solchen Zeiten ist das Abseits der sicherste Ort. Als Gastgeberin bekam ich Redeverbot von Roland.

Unsere Freunde schwätzten lieber über den «Dritten Weg», als hätten sie nicht nur die Macht, sondern auch das Recht, darüber zu befinden. Dieses Land, sagten sie abschließend, dieses Deutsch-Land. Sie sagten es mit dieser paradoxen Erleichterung, die wohl darin besteht, daß man ein Problem löst, indem man es für unlösbar erklärt.

Wir sind halt, irgendwie, immer noch Marxisten, sagte Roland später ein wenig verlegen. So leicht lassen wir uns unsere Träume nicht abkaufen. Wo kämen wir denn da hin. Er sagte das über-

haupt nicht verbissen. Er sagte das locker, mehr aus der Hüfte. Seine Haltung ist nicht angelernt, so wird man geboren. Sie ist begünstigt durch Herkunft.
Seine Vorfahren waren Leibeigene, die vor ihren Herren geflohen waren in die Nassen Moore im Dreieck zwischen Nantes, Noirt und Bordeaux. Sie galten als Halbwilde, weil sie lebten, wo sonst niemand leben konnte. Ihr Geheimnis war der batin sautou, der Sprungstock, mit dem sie hoch und weit alle Gefahren übersprangen. Sie lebten in Schilfhütten, bauten sich Barken für die flachen Moorwasser, hielten sich Schafe für Wolle und Milch, schnitzten sich Schuhe aus Ulmenholz, brauten Schnaps aus Schilf, gewannen eine Art Sirup aus Schilf, die jungen Triebe aßen sie wie Spargel. Sie angelten Aale, salzten sie ein und verkauften sie auf entlegenen Märkten, vielleicht wurden sie erkannt, aber sie wurden nicht verfolgt. Ihre Aale wollte niemand missen, sie galten als Delikatesse.
Wagte sich ein ehrgeiziger Gendarm in die Nassen Moore, um einen von ihnen zu verhaften, wurde er in die Irre geführt, wo er versank.
Als die Großgrundbesitzer den Holzreichtum der Region ausbeuten wollten, boten ihnen die huttiers, wie sie auch genannt wurden, Krieg an für den Fall, daß sie nicht angemessen abgefunden

würden, denn die Nassen Moore seien ihr Eigentum. Sie wurden abgefunden. Reich und als geachtete Leute zogen sie in die Dörfer ein.
Die Tragik von Rolands Familiengeschichte ist im 17. Jahrhundert beendet. Die Tragik meiner Familiengeschichte dauert an.

Er packt schon seit Stunden. Die Mediensäule, von mir selbst gebaut, nach meinen Entwürfen, drehbar, zwei Schubladen als Basis, das Kapitell bestehend aus zwei Chromringen mit satinierten Glasscheiben, die dem schweren Kubus einen würdigen, scheinbar schwebenden Abschluß geben, ist leergeräumt. Bis auf die Geräte aus der Steinzeit der Unterhaltungselektronik, dem Plattenspieler mit Schallplatten und dem Transistorradio.
Ich war entsetzt. Und habe ihm doch tatkräftig geholfen. Eigenhändig habe ich den Weltempfänger entstöpselt und ihm hinterhergetragen. Er schnappte sich den Fernseher: du bist ja nicht scharf drauf. Beide Fotoapparate: für alle Fälle. Eins der Klappbetten: Was in so ein Auto alles hineinpaßt.
Ich hänge das Transistorradio an meinen Zeigefinger und irre durch die Wohnung. Schrottmusik. Ich umschleiche den Stapel Lektüre, die er mitnehmen wird und bin voll Neid. Während ich,

aus Gründen, die ich in mir selbst zu suchen habe, immer nur ein Thema haben kann, symbolisiert der Stapel das Spektrum seiner Interessen: an Geiern, diesen Vögeln mit der wunderbaren Evolutionsgeschichte; an Satelliten-Empfangsanlagen, der «echten Alternative zum Kabelfernsehen», auf dem Katalog ein Mädchen, das aussieht wie von einem Thunderbird abgeschraubt; seinem Interesse am Tunnel zwischen Dover und Calais, den Bau- und Finanzierungsnöten; an Champagner-Informationen, diesmal über die Cuvée Papillon, auf dem Titelblatt ein «Postmann», lateinisch hiliconius melpomene, sanft auf einem Passionsblütenblatt landend, daneben Raupe «Postmann», die sich in ihr zweites Leben frißt. An Büchern wird er mitnehmen die guten alten «Frühstücksgedichte», die «Erzählungen von glücklichen Menschen», zwei Bände Elias, «Origins», 27 Interviews mit Himmelsforschern, deren Unbehagen an der Urknall-Theorie wächst. Das Buch «Gefühlsstau, Psychogramm der ehemaligen DDR» habe ich Roland untergeschoben.
Auf und an meinem Tisch ist kein Platz mehr, er hat seine Taschen geleert und alle Stühle belegt. Im Zimmer hat es 22 Grad, die Jacke hat er hinter sich auf die Stuhllehne rutschen lassen, ich habe erreicht, was ich wollte.

Er wird mich nicht loben, und zufrieden stelle ich fest, ich brauche kein Lob.
Weil ein Tiefflieger unser Fünfeck überfliegt, erklärt er mir, was ein Pilot durch die Erdanziehung erleidet. Die Motive des Piloten will ich wissen.
Aber Roland fragt sich ab nach den Papieren, den Schlüsseln, den Straßenkarten. Er wiederholt geduldig, wie man die Erdanziehung mißt: 1 g ist das Einfache der Erdanziehung, physikalisch gesprochen, die Beschleunigung des Gewichts einer Masse im freien Fall, bei fünf g wiegt ein 75 kg schwerer Mensch also 375 kg. Die Motive des Piloten will ich wissen. Aber Roland trennt Geld nach Währungen. Die Motive der Piloten sind auch mir unklar, sagt er, zwischendurch frühstückt er.
Fliegen sei zu 99 % Langeweile, zu 1 % blankes Entsetzen. Vielleicht, vielleicht, sinniert er, gehe es um das eine Prozent. Er ordnet Papiere, Musik- und Wortkassetten. Schlaf doch noch, sagt er.
Ich krieche ins Bett, die Tür lasse ich offen und höre den Wetterbericht. Das Hoch, das sich vor zwei Tagen zeigte, hat sich unvermutet ausgebreitet und stabilisiert. Er wird gutes Wetter haben, egal, in welche Richtung er fährt.
Es ist so still in der Wohnung, daß ich fürchte, er

ist schon abgefahren. Aber dann höre ich, daß er die Leiter aufklappt, und Koffer stürzen vom Schrank in die Tiefe. Ich stehe auf. Ich frage ihn, Was hast du, kann ich dir helfen. Er kann nicht antworten, er ist die Treppen mehrmals hinunter- und hinaufgestürmt, seine Stimme ist weg.
Wir gehen auf den Balkon. Das Thermometer steigt weiter. Ich erzähle ihm, wie das Wetter werden wird, mache ihn aufmerksam auf den ungewöhnlichen Himmel und auf die Knospen an den Birnbäumen und darauf, daß sie heute noch aufbrechen werden.
Er kann wieder sprechen und sagt, Schlaf weiter, um diese Zeit ist Stille das schönste.
Ich krieche auch diesmal wieder ins Bett und höre auf den vom Nachbarn leise geführten Besen. Dann höre ich, daß die Wohnungstür ins Schloß gezogen wird und bin rechtzeitig am Fenster, aber der Motor läuft schon. Ich öffne das Fenster und schreie. Aber Roland kann mich weder sehen noch hören. Ich beuge mich weit aus dem Fenster. Seine Hände machen die üblichen Handgriffe: Hosengürtel öffnen, sich angurten, schalten, Handbremse lösen, blinken. Sein Gesicht sehe ich nicht. Dann braust er los. Ich habe einen meinen ganzen Körper ergreifenden Anfall: Wenn das so bliebe, wenn das das wirkliche Ende wäre.

Er kommt zurück, der Wagen steht sofort. Er blickt herauf und lacht. Der Atlant. Dann braust er wieder los, tupft zweimal auf die Hupe und bleibt verschwunden.

Ich räume den Geschirrspüler aus, stelle das Geschirr krachend aufeinander, räume es krachend in den Schrank. Ich schmeiße jede Gabel, jeden Löffel, jedes Messer aus gehöriger Entfernung in die einzelnen Fächer. Ich räume ab. Ich werfe weg. Die belanglosen, verfärbten Fotos mit den unaufgeklärten Motiven. Bücher, die mit den breiten Rücken, die mit roter Schrift auf gelbem Grund, die, die ungelesen dastehen seit zwei Jahren. Die einem zugetragen wurden, die man weder gekauft noch sich gewünscht hat: einweichen. Untertauchen, bis sie ersoffen sind. Ich kenne da keine Hemmungen. Anders als er. Für ihn ist Bücherwegwerfen wie Brotwegwerfen, ungewöhnlich für einen Franzosen. Regalbretter räumen, diese schönen überbreiten Kellerregalbretter, die man zweimal belegen kann, räumen. Damit die Stapel von den Tischen, den Stühlen und dem Fußboden verschwinden.
Klamotten wegwerfen, die man seit zwei Jahren nicht mehr getragen hat. Vorhänge runterreißen, neue Stoffe, neue Farben…
Ich fasse Entschlüsse, ich räume ab, ich dünne

aus, ich mache Entschlüsse sichtbar. Ohne Bedauern. Meine Stimmung ist danach.
Ich muß mich später an diese Stimmung erinnern können, um nicht zu suchen, was nicht mehr da ist, und um mir verzeihen zu können, das heute weggeworfen zu haben. Ich werde ein Kleid kaufen und Roland entgegenfahren und ihn ins beste Hotel von Cologne einladen. Eine Einladung, heute noch eingeworfen, wird ihn rechtzeitig vor seiner Rückreise erreichen. Vorausgesetzt, er ist da, wo ich ihn vermute.

Die Temperatur steigt. Ich putze den Balkon. Ich stecke den Sonnenschirm auf und möbliere den Balkon mit Zimmerpalmen.
Niemand ist zu sehen. Zu hören ist nur der leise geführte Besen des Nachbarn. Der Nachbar steht immer, auch samstags, auch sonntags, um fünf Uhr auf. Kein Fenster ist offen. Noch traut niemand dem Frieden. Der Sommer kam vor dem Frühling. Seit zwei Tagen ist Sommer. Ein verfrühter Sommer muß noch kein Unglück sein. Die Schwalben sind da. Sie waren vielleicht nie weg. Sie kreischen nicht. Es zischt, wenn sie an meinen Schläfen vorbeiflitzen. Der Besen des Nachbarn ist nicht mehr zu hören. Ich laufe über den Markt. Der Pole ist schon da. Er hat nur Champignons und Kastanien. Die Türken sind

auch schon da. Der Italiener, der immer hinter mir herklagt – «Alles billiger! Die Freilandtomaten! Die Freilandgurken!» – und der jeden Ruf in einer kleinen Prime enden läßt, ist noch nicht da. Es gibt Erdbeeren und Tomaten von Fuerte Ventura. Und Kirschen aus Israel. Ich kaufe Erdbeeren und Tomaten. Kirschen. Salat. Weißbrot. Schwarzbrot. Butter. Sahne. Käse.
Und Blumen für die Mutter.

Ich laufe zur Mutter. Ich darf kommen, wann ich will. Ich wasche ihr die Zahncreme vom Mund, halte ihre Hände, kämme ihre Haare, wasche ihr ein paar Erdbeeren und füttere sie. Dann laufe ich wieder nach Hause und serviere mir ein Frühstück mit Zeitung auf dem Balkon. Mein Atem ist sichtbar. Ein Schwelbrand im Inneren des Körpers.
Die Sonne scheint auf eine mir fremde weiße, gleißende Art. Zusehends steigt die Temperatur. Die Terrassenkacheln dampfen. Der Kaffee in der Tasse bleibt warm. Der Henkel wird heiß. Eine stark gesalzene Tomate essen. Sofort. Kirschen. Die Steine spucke ich hinter mich.
Dauernd ecke ich an mit meinem breiten Hut. Ich stehe auf, nehme gleichzeitig den Hut ab, um nicht wieder anzuecken, und der Nachbar, meine Geste mißdeutend, grüßt großartig herüber. Die

Wespen knuspern am Sessel. Wespen im März. Hat das etwas zu bedeuten.
Zum dritten Mal überfliegt ein Tiefflieger unser Fünfeck. Die Wohnung ist voll Sonne. Der Blick vom Balkon aus durch die Küchentür, durch mehrere Türen in die kühlen, grünglühenden Räume, auf durchleuchtete Blätter: aber das Entzücken bleibt aus.
Die Beschallung hat zugenommen. Surfbretter klatschen auf die Wiesen. Ein Mädchen knetet sich rasch eine Samstagsfrisur. Bloß weg! Wegweg! Zurück bleiben Entdecker, nackt Ringende, Roboter, die schießen, ohne Ansehen der Person …
Ich laufe zur Mutter. Ich wasche ihr die Speisereste vom Mund, kämme sie und halte ihre Hände. Ich kaufe ihr ein Eis und füttere sie, packe ihre Wäsche ein, laufe zurück und wasche ihre Wäsche. Der Sound der Waschmaschine ist so kühlend wie Schatten.
Ich bräune mich nach der Stoppuhr.

Noch suche ich Roland nicht und finde ihn überall. In der Küche stehen die wie mit einer Schablone gesprühten dunkelroten Schuhabdrücke auf dem Boden. Seine Jacke hängt über der Stuhllehne. Ein bestimmtes Messer hat er vergessen.
Mein Patensohn ist jetzt im Oberfränkischen, in

Hof. Ich habe die Kommunikationsmauer überwunden, schreit er. Am Abend will er in die Diskothek. Die Mädchen hier, staunt er, kommen allein, tanzen allein und gehen allein.
Meine «Batavia» im Gartenhof hat er unter Sperrmüll Marke Ost gefunden. Sie gehört zur Familie der Kohlrosen, blüht silberrosa, riecht nach Äpfeln und war schon damals zwei Meter hoch.

Roland fährt gern in den Süden. Er muß das nicht begründen, es ist ja das Übliche. Ich fahre häufig in den Norden, wo es immer etwas zu kalt für mich ist. Wenn ich zurückkomme, habe ich den Zustand erreicht, statt Feuer zu machen mit der Kälte zu leben.
Roland ist Marxist. Aber ich kann für keine Ideologie gewonnen werden. Geschlechtsspezifisch bedingt, meint er. Ich bin anderer Meinung. Wie verschieden wir auch sein mögen, über vieles spotten wir gemeinsam. Etwa über Frankreichs Rolle in Europa und der Welt, und daß es für Rüstungskontrollverhandlungen nicht in Anspruch genommen werden könne, dafür habe es der Menschheit zu viel gegeben.

Um ihm zu zeigen, wo ich geboren wurde, aufwuchs und woher meine Vorfahren stammen, hätte ich ihn nach Leipzig, Mecklenburg, ins Linksrheinische fahren müssen. Nur Mecklenburg interessierte ihn. Er hat drauflos fotografiert, distanziert wie ein Japaner: Alleen, Eisenbahnen und Jugendstilfassaden, Schmiedeeisen als Tore und Zäune, die Menschen, immer in Gruppen, als Familien, Hochzeiter oder Trauernde, in ihrer seltsam gedämpften Stimmung. Ich wollte ihm ein Haus an der stark befahrenen Transit-Straße zeigen. Er konnte nicht parken, der Seitenstreifen war unbefestigt und schlammig. Er fuhr noch einmal und noch einmal im großen Bogen zurück. Es gab nicht viel zu sehen. Damals war das Haus ein Kinderheim gewesen, schwerbraun, etwas zurückversetzt, in einem öden Zweckgarten mit bläulichglitschiger Erde, keine Büsche, keine Blumen, keine Hecken. Die Wiener Sprossenfenster, dieselben wie damals, fast ohne Farbe. In dem Kinderheim hatte ich Schnürbänderschleifen knüpfen, Schuhe schnüren, Knoten lösen und Suppe kochen gelernt. Ich hatte einmal gezündelt und bekam Stubenarrest. Ich mußte aus einem dieser Fenster kacken, weil niemand meine Hilferufe hörte. Sonst nichts Besonderes. Nichts besonders Schlimmes. Manchmal Hunger. Das Haus der Großmutter mit dem grauen Schieferpimmel auf dem Dach ist immer noch von weither zu sehen.

Ich drang zu den heutigen Bewohnern vor, Roland fand das übertrieben, und mein Elan war weg. Ich zeige Ihnen alles, was Sie sehen wollen, sagte die Frau. Roland rieb sich zum ersten Mal die Augen. Es begann etwas mit seinen Augen. Überall qualmten die Schornsteine, und gelber Rauch drückte auf die Stimmung.
Ich ließ mir die Kellertür öffnen und sah den Treppenabgang hinunter. Es ging auch nach meiner erwachsenen Vorstellung ungeheuer tief hinunter. Finsternis. Noch immer kein Licht im Keller. Da hatte ich geschmachtet, auf der obersten Stufe, gegen die Kellertür gepreßt, zur Strafe dafür, daß ich keine gekaufte Marmelade essen wollte. Ich bettelte nicht, ich weinte nicht, ich hielt es aus, sagte ich gerührt. Roland sagte unbeeindruckt, Ist mir klar.

Das Schaufenster des «Hauses der Dienste, VEG-Dienstleistungskombinat» brachte ihn zum Schweigen. Noch konnte man hier leihen: 1 Rucksack, 0,50 Mark pro Tag. 1 Kaffeemaschine, 2 Mark pro Tag. 1 Campingkoffer für sechs Personen, 3 Mark pro Tag (in den Ferienmonaten 3,50 Mark pro Tag). 1 Fotoapparat, 5 Mark pro Tag (+ Blitzlicht zuzüglich 1,50 Mark pro Tag). 1 Kinderschlafsack, 0,50 Mark pro Tag (Reinigung am Ende der Ausleihe, mit Beleg,

6,65 Mark). 1 Feuerzangenbowle mit zwölf Henkelgläsern, 9,10 Mark samstags und sonntags (wochentags 5 Mark pro Tag).

Der Strand von Kühlungsborn. Noch fielen wir auf in unseren langen Mänteln. Noch gafften die Menschen aus ihrer körpernahen kitt- und aschegrauen Bekleidung. Der schöne Strand: Als Kind hatte ich nie allein ans Meer gedurft. Ich erinnere mich an Gehen und Stehen bis zur Erschöpfung. Wie gern hätte ich mich in den Sand geworfen. Der Molli, die kleine stinkende Eisenbahn, fährt auch heute noch mehrmals am Tag durch den Ort und pafft tiefschwarze Rußwolken gegen die Häuser.
Roland floh ins Gehölz, das *Die Kühlung* heißt. Seine Augen waren inzwischen entzündet.

Wir besuchten meinen Patensohn. Der Junge war bissig. Er wollte weg. Ich habe das Gefühl, überhaupt noch nicht gelebt zu haben. Materielle Gründe – na und? Ihr redet doch von nichts anderem, schrie er.
Ich solle uns das Haus zurückholen, sagte meine Schwester.
Weil ihm niemand zuhörte, wurde mein Patensohn laut, vielleicht hat er damals angefangen zu schreien. Ich stritt mich mit meiner Schwester.

Ihr müßt den Jungen ziehen lassen, sagte ich. Damals, das ist erst ein paar Wochen her, wollte er noch studieren.

Ein durchsichtiger gallertiger Kern hatte sich unter Rolands Lidern gebildet, schob sich über die Pupillen in das Innere der Augenwinkel, ließ sich zwar leicht entfernen, aber schon entstand ein neuer Kern und schob sich über die Pupillen. Fluchtartig verließen wir das Land.
Roland wird vorerst nicht mehr in den Osten fahren. Der gelbe Rauch aus den Schornsteinen, der besonders während der Heizperiode auf diesem Landstrich lastet, vom östlichen Norden bis zum östlichen Süden, macht ihm zu schaffen.

Hinter Poitiers wird er die Autobahn verlassen haben und nach Noirt fahren. Paris wird er rechts liegen lassen, «wie es das verdient».
Wir streiten häufig, heftig, aufrichtig und effizient. Wir ringen auch gern miteinander. Das endet immer gut.
Manchmal denkt der eine, nun muß er ein Stück weiterkommen, das er nur allein weiterkommt. Dann trennen wir uns, nach innen vergnügt, nach außen besorgt, wie sich das gehört.
Wenn alles so verläuft, wie ich hoffe, wird er um Mitternacht angekommen sein. Er wird sich

umsehen, auspacken, etwas essen. Dann wird er mich anrufen. Er wird beklagen, was alles ich ihm wieder eingepackt habe. Ich werde antworten, daß das in Ordnung sei. Daß er etwas anzubieten haben müsse von dem, was hier besser oder anders ist als in Frankreich, die Würste zum Beispiel, das Brot …
Vielleicht wird er noch fragen, wohin ich denn aufbrechen werde. Ich weiß es noch nicht, werde ich sagen, vielleicht bleibe ich hier.
Mit seinen Freunden und Verwandten wird er viel zusammensein, Aale angeln, Likör aus Engelswurzstengeln trinken, in der Barke liegen, lesen, auf träge fließenden, mit Wassergrütze bedeckten Wasserläufen und Kanälen paddeln. Uferlilienufer, gelbe und blaue. Schilf unterm Boot. Im Sommer ziehen Seerosen mit an meterlangen Stielen. Libellenkämpfe. Mückenwolken, in denen winzige Vögel mit aufgerissenen Schnäbeln toben. Grüne Tunnel saugen die Barke an, Laubkronen schlagen über ihm zusammen, das Wasser ist dunkel und lodert in der Sonne wie Cognac, es riecht nach Engelswurz … Er bleibt, so lange er es aushält. Meist hält er es länger aus als ich.

Das letzte Mal war er vor mir zurück und wartete in meinem Zimmer und staunte leidenschaftlich über das Echo meiner Existenz. Dieses Mal kann alles ganz anders ausgehen.

Ab Mitternacht werde ich die Fassung verlieren.

# *Alle Träume sind bezahlt*

Rosa steht schlotternd auf der Straße, dreht sich im Kreis und hat die Orientierung verloren. Drei Verabredungen zur selben Zeit. Noch scheint die Sonne. Sie fährt mit einem Taxi ins Freibad. Sie nimmt sich vor, auf einem Honorar zu bestehen. Nur gegen Mäuse, will sie rechtzeitig sagen. Oder, wie eine Profi, Erst zahlen, dann Puff.

Fabelhaft, wie sie für die Abendschau zum Thema Hundstage das Kleid abstreift, es einem Gaffer über den Kopf wirft und im Tanga über Leiber und Kleiderhaufen zum Schwimmbecken steigt.

Nur gegen Mäuse hat sie vergessen zu sagen. Natürlich will der Kameramann sie wiedersehen, so etwas lenkt Rosa sofort vom Wesentlichen ab. Sie findet den Kameramann nett. Alle, die hinter ihr her sind, findet sie nett. Er verfolgt sie noch eine Weile mit geschulterter Kamera. Aber weil so viele Leute aufmerksam geworden sind, sich aufgerichtet haben, einige sogar aufgestanden sind und den beiden folgen, lachend und tuschelnd, geht Rosa davon aus, daß sie etwas anderes von ihr erwarten. Sie läßt den Kameramann abblitzen. Sie legt sich zwischen die Leiber und wirft sich ein Taschentuch übers Gesicht. Der Kameramann zieht ab. Sie hat auch für diese Nummer kein Geld bekommen. Aber den Leuten hat sie imponiert: Der ist sicher keine Abfuhr gewöhnt, vor Fernsehleuten kuscht doch jeder.

Rosa macht alles, was sich anbietet. Sie läßt sich fotografieren für Kaufhof-Reisen. Sie hat auf vier Fotos, in vier Phasen, im Schneidersitz, nur bekleidet mit einem schwarzen Baumwollhemdchen, gezeigt, wie man einen Joint dreht. Sie hat auch für Fotografen gefixt. Sie läßt sich interviewen als Beispiel für die neue Lebensart der Zeit-Pioniere: Ich brauche nicht viel. Freiheit ist mir wichtiger. Ich arbeite stundenweise, so wie ich Geld brauche. Als Tippse, als Gabelstaplerfahrerin, behauptet sie, als Fotomodell… Was sich anbiete. Heiraten wolle sie. Kinder wolle sie nicht. Es gebe genug Kinder, und den meisten gehe es schlecht. Ihre Unabhängigkeit sei ihr wichtiger als alles andere. Was ist gelogen, was ist wahr? So, wie sie das bringt, mit dieser Haltung und diesem serenen Lächeln, kann sie Tausenden und Abertausenden das Gefühl geben, alles

falsch gemacht zu haben. Befragt über das Verhältnis zu ihren Eltern, sagt sie: Meine Mutter ist tot. Mit meinem Vater bin ich auseinander, er hat sich nicht geändert, er ist für die Todesstrafe. Er würde mir auch heute noch die Wimpern runterreißen, auch unterm Tannenbaum, auch wenn wir uns drei Jahre nicht gesehen hätten.
Von einem Augenblick auf den anderen kann Rosa du zu jemandem sagen. Ihr wird die Tasche gestohlen, und sie schickt einen gellenden Schrei hinter dem Jungen im Lederanzug her, vor dem er davonrennt, nur er rennt, niemand sonst. Jeder kann erkennen, daß er der Dieb ist, und er wird gepackt. Sie hört erst auf zu schreien, als jemand sagt, Hör auf, mein Gott, da kommt ja deine Tasche.
Sie läßt ihren knöchellangen rauchblauen Kunstpelz zu einem Swinger kürzen, und das breite abgeschnittene Stück schenkt sie dem begeisterten Schneiderlehrling. Rosa kann sich einfühlen. Sie kann tippeln. Träumen. Schnellfahren. Sich vollaufen lassen. Leiden. Sie kann mit einer einzigen Bluse und von Erdnüssen leben. Ohne Tabak. Ohne Süßigkeiten. Ohne Alkohol.
Alljährlich offeriert ihre Bank ihr, die neue Scheckkarte abzuholen. Sie fährt die drei Stunden zu ihrem früheren Wohnsitz, holt sich die Scheckkarte ab und macht immer neue Schul-

den. Auch deswegen, weil sie Geld verleiht, wenn Freunde sie bitten. Wenn sie ihnen begegnet, tupfen sie ihr drei Küsse auf beide Wangen, rechts, links, rechts. Das Ritual hat Rafaela aus Paris mitgebracht, und es kam an. Rosa hofft, daß auch Joppich, dem sie Geld geliehen hat, ihr Freund ist. Als er plötzlich wegbleibt, ruft sie die Freunde zur Hilfe auf, vielleicht sei Joppich krank. Aber Joppich ist abgetaucht.

Rafaela hat an Rosa Maß genommen: – 86-66-91 bei 1,78 – und gejubelt: wie die Patric, Top Model aus den Staaten. Wenn die für zwei Stunden nach Paris geholt wird, dann zahlt man ihr das Ticket und dreitausend Dollar die Stunde.
Rafaela – 90-62-91 bei 1,74 – ist von Hamburg nach Paris gezogen, um ein «Buch» zu bekommen. Nirgendwo sonst bekommt man so gute Bücher als Model wie in Paris. Nirgendwo sind die Fotografen so gut. In Amerika oder Japan hat man keine Zeit für Experimente, life is too short. Die Honorare sind nicht besonders hoch, tausend Mark pro Tag, für *Werbung,* also Fernsehspots oder Anzeigen, kriegt man schon mal das Fünffache. Aber wichtiger ist ein schönes Buch, da kommt alles rein, wofür man mal posiert hat. Rosa läßt sich überreden, nach Paris zu ziehen. Sie kann bei Rafaela wohnen für die halbe Miete,

das sind 700 Mark. Die Wohnung ist winzig, fast besteht sie nur aus Dusche. Aber die Dusche ist wichtiger als die Couch. Sie wechseln sich ab, jede schläft eine Woche auf der Couch, eine Woche unterm Tisch.
Rafaela nimmt Rosa mit auf ein Gosi, was Go and see heißt, zum besten Fotografen der Welt, 125-116-123 bei 1,82.
So ein Gosi bringt keinen Sou. Wenn 1 schöner Nabel für die Brillanten von Clark gesucht wird, 1 schöner Fuß für das Fußgel von Procter, 1 schönes Ohr für das Parfum von Number 1, ist ein Sechser im Lotto wahrscheinlicher, als den Auftrag zu kriegen. Aber egal, ob am ersten Tag sechzig und am zweiten Tag zweiundsiebzig und am dritten Tag vierundneunzig Mädchen kommen, Rafaela bleibt unbeirrt dabei, Wir haben reelle Chancen. Sie taumelt von einem Gosi zum nächsten, verläßlich und ehrgeizig wie sie ist, versäumt sie aber keinen einzigen honorierten «Auftritt» und kann ein Foto nach dem anderen in die Klarsichthüllen ihres Buchs schieben. Wenn sie erst ein gutes Buch hat, wird sie Geld machen. In Amerika. Oder Japan.
Mit Rafaela verglichen ist Rosa Treibsand. Rafaela steckt in einem knielangen aschebraunen Anorak. Und das, was wie ein Wickelrock aussieht, ist eine geklaute Schlafdecke der Canada

Air. Rosa wird in einen knöchellangen Mantel aus den 40er Jahren, im verschollenen Rot jener Jahre, gesteckt, die zerfransten Ärmel sind dreimal umgekrempelt, denn in ihrem Swinger wäre Rosa zu feingemacht. Sie sind ungeschminkt, haben Ränder unter den Augen. Rosa vom Schlafen unterm Tisch und Rafaela von den nächtlichen Fototerminen für die Haute Couture, denn tagsüber werden die Kleider für die Modeschauen gebraucht. Zehn Mädchen sind noch vor ihnen. Sie sind einander ähnlich in ihren zerschlissenen Klamotten und klobigen Schuhen, unausgeschlafen, nervös und schon jenseits von Hunger. Alle haben einen Freund eingeführt, der wohnt weit weg, studiert und hat wenig Geld, und schon ist plausibel, warum niemand ihn zu sehen bekommt. Die Mädchen tauschen ihre Walkman-Kassetten untereinander, sie koppeln ihre Freizeiten, eine ißt aus der Babymilchpulverdose der anderen. Sie sind albern, fröhlich und ohne Neid. Rosa ist das alles nicht. Sie ist die Älteste.

Alle lassen unbekümmert ihre Hosen runter und raffen das Hemd, weil der Maître ihren Nabel sehen will. Sie schleudern die Haare übers Gesicht und zeigen ihre Ohren. Sie zeigen ihre Füße. Ohren können zu flach sein, Ohrläppchen angewachsen, Nabel sind meistens häßliche

krause Stinkbeeren, Füße können unbrauchbar werden, durch den Druck der Armeestiefel, die manche Mädchen tragen. Knie sind meistens knochig, schön nur, wenn sie angewinkelt sind. Rosas Zehen sind ansehnlich, ohne blankgewetzte Hühneraugen, die Zehen stehen eng, in nach rechts abfallender Linie, mit rosa aufscheinenden Nägeln.
Der Maître ist begeistert. Die Pola summt und spuckt Fotos von Rosas Knien und Füßen aus. Endausscheidung Dienstag um zehn, sagt der Maître, sein Kaschmirpullover hat kleine Brandwunden in der Fallinie der Pfeifenglut. Moment, ich seh nach, sagt Rosa, ob ich kann. Entweder Dienstag, zehn Uhr, oder gar nicht, sagt der Maître, Thanks for coming.
Die Mädchen haben hochfliegende Pläne, sie sind überzeugt von ihrer Einmaligkeit. Einen exklusiven Werbevertrag wie die Patric streben sie an, zwei Millionen Dollar pro Jahr. Und die Krönung von Reichtum und Ruhm wäre der Film. Eine Renée, 18, mit siebenmonatigem Kind und keinem Mann zum Kind, ruft, Nein nein, habe ich alles hinter mir, du gehörst dieser Firma mit Haut und Haaren. Eine gute Schauspielerin bist du vielleicht auch nicht und stirbst am Verriß. Und den Mann, den du liebst, bist du los.

Rosa kriegt Aufträge. Aber von Nabeln und Knien und Füßen kriege ich kein Buch, mault sie. Rafaela mahnt zur Geduld, aber Rosa hat keine mehr.
Sie kauft sich ein Auto, durchkreuzt Frankreich von Ost nach West nach Ost, kaum merklich nach Norden tendierend, und kehrt zurück nach Hamburg.

Sie weiß nicht, was sie gemacht hat von achtzehn bis jetzt.

Zusammen mit einem jungen Schauspieler wird sie bei einem Privatsender Moderatorin einer Jugendsendung. Man verspricht sich etwas von ihrer Unprofessionalität. Sie mietet ein Apartement, kauft ein lederbezogenes Rundbett mit aufwendig versteppter, kostbarer Tagesdecke, Durchmesser drei Meter, Wecker, Radio, Fernseher eingebaut. Sie kauft noch andere Möbel, finanziert wird das über die Hausbank der Firma, ab dreitausend im Monat ist das möglich.
Ein Mann springt aus der Straßenbahn direkt vor ihr Auto. Der Straßenbahnfahrer hat sich Rosas Autonummer notiert und gibt dem Verletzten seine Anschrift. Der sagt, Es war meine Schuld. Aber der Straßenbahnfahrer sagt, Die Frau hätte anhalten müssen. Wenn Sie Zeugen brau-

chen, können Sie auf mich rechnen. Rosa zieht den Verletzten in ihr Auto. Im Krankenhaus wird die Wunde an der Stirn mit ein paar Stichen genäht. Er hat eine Gehirnerschütterung und braucht Ruhe. Sie nimmt ihn mit in ihre Wohnung. Ich muß Ihnen das erklären, sagt er. Wenn man jahrelang in Afrika Pipelines gelegt hat, findet man sich hier plötzlich nicht mehr zurecht. Man hat verlernt, Entfernungen richtig einzuschätzen.

Noch im Flur hatte Rosa gezögert, ob sie ihn mit in ihre Wohnung nehmen solle. Sie hatte aufgeschlossen, er hatte den Fuß rechtzeitig zwischen Tür und Rahmen gestellt und war im Haus. Obwohl sie Geld verdient, führt sie kein geregeltes Leben. Sie zerbeißt eine Plastiktüte mit Erdnüssen, die Luft zischt in den Beutel, sie schüttet ihm und sich Erdnüsse in die Hand: das Abendbrot.

Da läuft er noch einmal los, trotz seiner Gehirnerschütterung, und kauft ein.

Bist du bekloppt, sagt er entsetzt, als er sieht, wie sie zwei Tabletten mit Spucke im Handteller auflöst und wegsaugt. Sie legt sich mit Stiefeln auf das Bett, es gibt schwarze Striemen. Mensch, sagt er, gib nicht so an.

Die Gehirnerschütterung ist bald vorbei. Nur die Wunde auf seiner Stirn heilt langsam. Die Arzt-

rechnungen will Rosa bezahlen, aber das läßt er nicht zu. Geld hat er ja.
Er betrachtet eine am Spiegel steckende Postkarte: ein riesiger Sandstrand, leer bis auf einen einzigen Menschen. Hinter einem Wall ein halbrundes Hotel mit einem mit Menschen gefüllten Swimmingpool. Das ist Florida, sagt Rosa. In Florida wechseln die Leute einmal jährlich das Wasser in ihrem Swimmingpool, wir haben ja Chlor, sagen sie. Außer mir ist kein Mensch am Strand – Rosa zeigt auf den einsamen Körper. Das bist du? fragt der Mann, lüg mich nicht an.
Er nimmt ihr die Tabletten weg. Er sorgt für Obst. Er zieht ihr die Stiefel aus und versteckt sie. Er sagt, Du brauchst ein geregeltes Leben. Und: Du hast den falschen Umgang. Rosa wartet darauf, daß seine Unfallwunde heilt.
Er hat Geld in Afrika gespart. Er geht nicht zurück. Er will, daß sie zusammenbleiben. In einem möglichst reparaturbedürftigen Haus. Mit Land für Tierhaltung. Er ist geschickt, er kann viel selber machen. Hast du Schulden? fragt er Rosa.
Sie sagt beiläufig, Nein.
Sie weiß nicht, wie es weitergehen soll. Auch mit diesem Mann ist es nicht zu schaffen. Dreißig werden, vierzig werden – eine schmal zulaufende Spur.

Sie sieht zu, wie seine Wunde heilt. Noch ist sie Moderatorin. Der junge Schauspieler und sie dürfen eine Sendung machen über Fremdenhaß. Sie haben sich viel vorgenommen. Nach dieser Sendung darf nichts mehr so sein wie vorher, die Welt muß sich zum Besseren verändert haben, niemand darf bei seiner Meinung bleiben, nicht die linken Spinner und nicht die Hardliner, jeder soll relativieren.

Ihre Wohnungsnachbarn sagen, Wir haben wieder Ihre Sendung gesehen. Warum saßen Sie denn so komisch? Rosa sagt, Weil mir die Kamera immer zwischen die Beine linsen wollte.

Wir schaffen das schon, sagt der Mann aus Afrika, wir beide, Schulter an Schulter.

Rosa lacht ihn aus, als er mit einem defekten Stuhl umkippt. Er bleibt liegen und versteckt sein Gesicht.

Rosa sagt, Ich habe dich belogen, ich habe mindestens zehntausend Mark Schulden. Er steht auf und sucht seine Sachen zusammen. Vielleicht eher zwanzigtausend, sagt sie und hilft ihm beim Packen. Obwohl mein Konto leer war, haben sie mir immer wieder Scheckkarten gegeben, lamentiert sie.

Er geht, und Rosa schließt die Tür ab. Sie sucht ihre Stiefel, zieht sie an und legt sich aufs Bett. Sie drückt sich ihre kleine Pistole hinter das linke

Ohr, blickt ins Lampenlicht, bis ihre Augen tränen und wartet, daß jemand abwinkt.

Inzwischen arbeitet sie nicht mehr beim Fernsehen. Sie und der junge Schauspieler wurden gefeuert, weil sie den zwischen Diskussionsteilnehmern, Studiogästen und Marco aus Lübeck ausgebrochenen Streit über Fremdenhaß nicht verhindert hatten. Studiogast Marco ist der Skinhead vom Dienst. Seine Schmiergeldforderungen werden immer saftiger. Er hat schon vor vielen Kameras, besonders der privaten Sender, den bekannten Schwachsinn gestammelt. Er kann auch inszenieren, daß seine Kumpels mit ihm vor ein Asylantenheim ziehen und ihre Pistolen auf die Fenster richten, geschossen wird auch, Millionen sind live dabei.
Als Marco wie erwartet von Arbeitwegnehmern und Wohnungswegnehmern faselt, ruft Rosa nach dem Arbeitgeber, der der Glatze eine Stelle anbieten möge, sofort, ab morgen… Und im Publikum findet sich ein Bauunternehmer. Aber Marco sagt, Bin ich blöde? Will ich denn auf'n Bau?
Rosa und der junge Schauspieler lassen Marco erst mal links liegen. Sie beklagen, daß sie niemanden haben einladen dürfen, der kompetent aus Konflikt- und Aggressionsforschung hätte berich-

ten können. Sie greifen die Empfindung eines Studiogastes auf: Diese Offene-Grenzen-Politik sei wie Zwangseinquartierung Fremder ins eigene Haus.
Rosa zitiert das englische Sprichwort: Gehst du nach Rom, verhalte dich wie ein Römer. Sie freut sich über den Beifall.
Ein Weinhändler sagt, Sie ermutigen mich. Ich erzähle mein Beispiel. Stellen Sie sich vor, ein dreitausend-Seelen-Städtchen, von Hugenotten gebaut, idyllisch gelegen am Ufer eines Flusses. Es gibt noch Eigenleistungen der Bürger für die Gemeinschaft. Hand- und Spanndienste. Nachbarschaftshilfe. Da kehrt jeder noch vor seiner Tür. Kein Müll auf den Straßen. Auf dem englischen Rasen unter den Platanen lagert man nicht, und niemand verrichtet seine Notdurft unter den Bäumen. Essen und Sitzen kann man an von Bürgern gestifteten Tischen und Bänken, es gibt auch zwei öffentliche Toiletten, gepflegte schmiedeeiserne Pavillons nach französischer Art. Dann wurden dreihundert junge kräftige Albaner im schönsten Hotel einquartiert. Das Hotel sieht inzwischen aus wie eine Absteige. Zu jeder Jahreszeit stehen die Fenster offen. Die Heizungen dröhnen auf vollen Touren. Die Fenster sind verquollen und schließen nicht mehr. An den äußeren Fenstergriffen hängen Plastiktüten mit

Lebensmitteln und Bier. Die Kühlschränke werden nicht benutzt. Auf den Herdplatten in der Hotelküche dicke Krusten von verbranntem Fleisch. Die Töpfe und Pfannen werden nicht benutzt. Die sanitären Anlagen sind verstopft. Die Burschen bekommen genug Steuergelder, um sich Bier und Klaren zu kaufen. Sie liegen auf dem Rasen unter den Platanen und verrichten dort ihre Notdurft. Ihren Müll lassen sie liegen. Sie ziehen in dichten Reihen durch die Stadt. Hinter ihnen stauen sich die Autos, sie stolpern auch mal und fallen vor ein Auto, und im Fallen reißen sie ihre Messerchen über den Lack. Vor einigen Tagen wurden die Buchsbaumkübel vor meiner Weinhandlung in den Fluß geworfen. Warum diese Kränkungen.
In unserem Städtchen führe ich die Tradition meines Vaters weiter und sorge für Weinkultur. Keiner muß als Levantiner oder als Pfälzer beim Anblick unserer Weinkarte Heimweh kriegen. Meine Kinder habe ich zu Demokraten erzogen. Warum bin ich gekränkt. Ich habe darüber nachgedacht und bin zu dem Ergebnis gekommen, daß alle Bürger, die eine Lebensleistung aufzuweisen haben, ihren Staat mitgestalten. Das darf man nicht verachten. Wir hatten Gäste erwartet, sagte der Weinhändler unter Beifall, aber es kamen Eroberer.

Ach, lieber Herr, spöttelte der junge Schauspieler, was sind schon die paar Fremdlinge gegen die Millionen Rußland-Deutschen, die ins Land drängen werden. Deutschland zuletzt gesehen haben vielleicht ihre Urgroßeltern. Die wenigsten sprechen unsere Sprache… Weil sie vielleicht einen deutschen Apfelstrudel backen können, rief jemand aus dem Publikum. Oder das Deutschlandlied, erste Strophe, drauf haben. Die werden uns die Flötentöne schon beibringen… Marco schrie, Deutschlanddendeutschen, und die anwesenden Glatzen skandierten mit. Er wurde von Rosa ausgelacht, Erzählen Sie uns doch mal was über die Herkunft Ihrer Eltern oder Großeltern, schließlich heißen Sie Tscherkowsky. So befragt und bis aufs Blut gereizt, war Marco nicht mehr zu stoppen gewesen. Mit ein paar Obszönitäten und Haßwörtern gelang es ihm, alle niederzuwalzen, die Juden, die Frauen, die Kinder italienischer und türkischer Gastarbeiter, die Asylbewerber, die «Über-, Um- und Aussiedler» und die Gäste im Studio. Die von Rosa und dem jungen Schauspieler erhoffte Zustimmung kam von der falschen Seite. Damit hatten sie nicht gerechnet. Sie kündigten freiwillig, denn es wurde das Gerücht lanciert, man werde sie auf jeden Fall los, es gebe da noch den Vorwurf der Veruntreuung von Schmiergeldern…

Rosa sieht an sich hinunter und bemerkt, daß sie neue Stiefel braucht. Sie meldet sich auf ein Inserat: Tausend Mark und mehr pro Woche ist der durchschnittliche Verdienst unserer Damen und Herren im Außendienst. Wir bieten eine geregelte Tätigkeit von 9.30 Uhr bis 18.00 Uhr. Einen risikolosen Wechsel, auch für Berufsfremde. Im ersten Monat garantierte Mindestbezüge. Hohe Provisionen. Zusätzliche Leistungsprämien. Interessenten, die sofort einsatzbereit sind, bitten wir um Vorstellung nach telefonischer Vereinbarung.
Rosa verabredet telefonisch einen Termin. Sie fährt mit der Straßenbahn, ihr Auto hat sie verkauft. Ein junger dicker Chef begutachtet sie. Sie hat etwas zugenommen. Sie ist frisiert und unauffällig gekleidet.
Haben Sie das schon mal gemacht? Wunderbar. Je weniger Ahnung, desto mehr Erfolg. Meiden Sie die jungen und die alten Hausfrauen. Die jungen sind unfreiwillig Hausfrauen, sie sind aggressiv. Die alten sagen, für uns lohnt sich nichts mehr. Finden Sie die mit heranwachsenden Töchtern. Berufslose, frustrierte Hausfrauen, die für ihre Töchter das Bessere wollen, für die es zwei Dinge im Leben gibt: Familie und Ansehen. Wie Sie die finden, ist Ihre Sache. Jeden Morgen steht ein Dummer auf, den müssen Sie finden.

Mit einem Vorschuß, einem angezahlten Auto, zehn Aussteuer-Wäschepaketen im Kofferraum, Mustern dreißig mal dreißig Zentimeter, zickzackumrandet und in Klarsichtfolie geschweißt, fährt Rosa los. Sie befolgt die Regeln. Sie meidet Hochhäuser und schöne Wohngegenden. Sie spürt die Reihenhaussiedlungen und die Straßenzüge mit den dünnwandigen Drei-, Vier- oder Fünffamilienhäusern auf, in den sechziger Jahren gebaut, mit den ausrangierten Kleiderschränken auf den Balkons und den Mopeds im Hausflur.
Rosa entscheidet sich für ein beliebiges Haus und klingelt im Parterre. Entschuldigen Sie die Störung, sagt sie. Vielleicht können Sie mir helfen. Ich suche eine Familie, die eine Tochter hat, vielleicht achtzehn Jahre, sie muß in dieser Straße wohnen. Und bis hierher hat Rosa noch mit keinem Wort gelogen. Warten Sie, sagt eine alte Frau, lassen Sie mir Zeit. Vielleicht sind es die Beckers, die haben eine Tochter. Annegret. Annegret, sagt Rosa lebhaft, das könnte sie sein.
Ach nein, sagt die alte Frau, die ist jünger, sechzehn glaub ich, die wird es nicht sein.
Doch doch, sagt Rosa, gut möglich, daß sie jünger ist, so genau weiß ich das ja nicht. Becker heißen die Leute? Und wohnen Nummer 10?
Nummer 12.

Rosa klingelt am Haus Nummer 12 und sagt, Guten Tag, Sie sind Frau Becker, die Mutter von Annegret. Erschrecken Sie nicht. Ich habe keine schlechte Nachricht für Sie. Vorab eine Frage: Hat Ihre Tochter vielleicht irgendwann Pflegedienste in einem Krankenhaus gemacht? In einem Altersheim? In einem Kinderheim? Nein? Dann vielleicht eine Freundin von ihr. Ich frage deshalb, weil, sonst hätten wir ihre Anschrift ja nicht in unserer Kartei.
Eigentlich bin ich im Büro und habe mit dieser Sache gar nichts zu tun. Aber es ist Grippezeit, und unser Außendienst ist unterbesetzt. Dann springt man schon mal ein. Ich mache das gar nicht gern. Man kommt sich vor wie ein Vertreter. Ich will Ihnen das erklären: Grundsätzlich beliefern wir mit unserer Wäsche nur Krankenhäuser, Altersheime, Kinderheime und so weiter. Und natürlich auch die Ärzte, Krankenschwestern, Verwaltungsangestellten dieser Häuser. Mit Bettwäsche und Frottierwaren. Was man so braucht. Jetzt sind einige Kunden weggezogen, zum Beispiel die Frau Doktor Hut von den Städtischen Krankenanstalten in Essen ist nach Worms gezogen. Nun haben wir noch einige Wäschepakete übrig. Und da wollten wir Sie bzw. Ihre Tochter in den Genuß dieses Sonderangebots kommen lassen.

Ich selbst kann nicht feststellen, woher wir diese Empfehlung haben. Ich habe eine Liste mit Adressen bekommen, und die fahre ich jetzt ab. Wäre doch dumm, wenn Sie sich diese Gelegenheit entgehen ließen. Wenigstens mal ansehen? Ganz unverbindlich.
Frau Becker ist eine sanfte, schlecht frisierte, berufslose Hausfrau, aber ihre Tochter hat sie im Griff.
Sehen Sie sich das an, sagt Rosa begeistert, so sieht die Aussteuer einer Arzttochter aus. Und ich sehe nicht ein, warum nicht auch Ihre Annegret eine Aussteuer wie eine Arzttochter haben sollte.
Annegret hat die Lieferbedingungen gelesen und gefragt, was Bonität sei. Sie geht noch zur Schule, will Tierpflegerin werden. Sie hat rote Haare und ist falsch angezogen.
Hinzu kommt die Bettwäsche, sagt Rosa und packt aus.
Mutti, hör auf, sagt Annegret.
Aber die Mutti soll das sehen, sagt Rosa mit leichter Schärfe. Und wenn Sie keine Aussteuer wollen, warum soll sich die Mutti nichts mehr gönnen. Soll das, was man in die Ehe gebracht hat, ein Leben lang reichen? Welche Frau hat nicht Spaß an schöner Wäsche. Die Mutti soll sich selbst überzeugen. Ich mach ihr nichts vor. Die

Mutti kennt sich aus, das seh ich ihr an. Ist das nicht Qualität? Fühlen Sie selbst. Verstehen Sie mich recht, ich persönlich habe gar nichts davon, ob Sie kaufen oder nicht. Das hier sind ägyptische Ornamente. So etwas finden Sie in keinem Kaufhaus. Da können Sie suchen, von Flensburg bis München. Schaffen Sie nacheinander an, zuerst Bettwäsche, dann Frottierwaren. Oder? Umgekehrt?

Die Mutter fragt Annegret, Findest du die Bezüge in Gelb schöner als in Weiß?

Annegret sagt, Hast du gesehen, was sie kosten? Hör auf.

Die Mutter bringt die Tochter mit einem Blick zum Schweigen.

Die erste Rate ist erst in sechs Wochen fällig. Und die Ware läßt Rosa gleich da, das macht kein Vertreter. Zu Annegret sagt sie, Da hat die Mutti aber was Gutes gekauft. Sie würde sich gern mit der Tochter aussöhnen, sie würde ihr gern sagen, welche Farben sie tragen müßte zu dem schönen Haar. Aber Annegret spricht nicht mehr.

Rosa schreibt eine Kundenkarte aus: Und auf alles den 45%igen Ärzterabatt. Was die kriegen, kriegt die Mutti auch. Wenn Sie diese Karte haben, können Sie immer wieder bei uns kaufen. Frau Becker unterschreibt, während ihre linke Hand die Bettwäsche streichelt. Sie sagt zu Annegret, Bring die Dame zur Tür. Rosa sagt, Laß nur, ich finde den Weg allein. Rosa verläßt das Zimmer, sie hört Annegret sagen, So ein Schwein.

Rosa trägt jetzt rauhe schwartige Seide, ihre Lippen sind kräftig geschminkt. Sie sitzt irgendwo im Weserbergland in einer Pension. Sie hat fünf große und zwei halbe Wäschepakete verkauft, das Ergebnis kann sich sehen lassen. Sie hat sich warmes Essen bestellt. Dann fällt ihr Annegret ein, und schon geht es ihr nicht mehr gut. Sie kann den Teller nicht leer essen.
Ein Mann setzt sich zu ihr und sagt, Essen wir gemeinsam, dann geht es besser. Er will wissen, was sie beruflich macht. Sie erzählt eine bereinigte Geschichte. Er ist Repräsentant einer Teppichfirma. Er will ihr ein halbes Wäschepaket für seine Tochter abkaufen. Aber Rosa reagiert überraschend. Sie mache das nicht mehr. Damit sei jetzt Schluß.
Der Mann füttert sie. Er sagt gerührt, Du altes Mädchen.
Sie fahren in eins der Striplokale zwischen Hameln und Rinteln, einer umgebauten Sechszimmerwohnung mit rotem Samt an den Wänden. Auf den Tischen stehen Kerzen und kleine rote Lampen, die Schirmchen haben Brandlöcher.

Zwei junge schwitzende Männer mit hochgeschobenen Pulloverärmeln wachen darüber, daß jeder, der sein Glas leergetrunken hat, sofort wieder bestellt. Rosas Begleiter bestellt zwei Mal das Standardgedeck, Whisky mit Soda. Man muß sofort bezahlen.
Rosa geht es nicht gut. Sie trinkt sofort das Glas aus. Einer der jungen Männer kommt und fragt, Was trinken Sie jetzt. Rosas Begleiter will wieder dasselbe bestellen, aber das gibt es nur zur Begrüßung. Rosas Begleiter bestellt Sekt. Er muß sofort zahlen. Rosa entschuldigt sich, daß sie so schlecht mit ihrem Whisky gehaushaltet habe.
Eine große, magere, angetrunkene Frau stolpert auf die Bühne, wiegt sich vor dem Mikrophon und grüßt die vor der Tür parkenden Kfz-Kennzeichen: Guten Abend, Duisburg B-27, guten Abend, Dortmund O-036, Hannover F-88 und Hannover G-031, ich grüße auch Paderborn F-73 und Wuppertal B-10... Die Besitzer der Autos zucken zusammen, als würden sie beim Namen gerufen. Einige kippen verlegen das Standardgedeck, sofort kommen die jungen Männer und nehmen neue Bestellungen auf. Wenn genug Bestellungen aufgegeben worden sind, wird die Frau von der Bühne geholt.
Auch Rosas Autonummer wird gegrüßt. Sie steht auf, hebt ihr Glas und grüßt zurück.

Es folgen vierzig Minuten Pflicht. Die Mädchen stehen an der Bar und zögern ihre Auftritte hinaus, sie kennen ihre Rechte. Ein Mädchen in einer grobmaschig gehäkelten Latzhose fegt die Bühne. Hinter dem Vorhang zieht jemand an dem Häkelfaden und ribbelt die Latzhose allmählich auf, während es vom Tonband stöhnt.
Die große Magere kommt auf die Bühne mit einem durchsichtigen Penis in der Hand, in dem ein rotes Licht flackert. Sie streichelt ihn, leckt ihn, steckt ihn in den Mund und zwischen die Beine. Sie windet sich auf einem gepolsterten Hocker, ihr Gesicht bleibt ausdruckslos, vom Tonband wird gestöhnt.
Gehen wir, sagt Rosas Begleiter und faßt sie an. Weil sie nicht mit dem Mann gehen will, sagt sie, Ich mache mich schnell frisch. Sie hält sich lange in der Toilette auf, es gibt keine Handtücher, und die Seife ist zu einem Brei aufgeweicht. Sie schüttet ihr gutes Givenchy II in die Handteller und wäscht die Hände mit Givenchy wie mit Wasser, harkt mit den Fingern die Haare und streicht über Gesicht, Hals und Kleidung.
Als sie zurückkommt, ist der Mann verschwunden. Man will abräumen, aber Rosa besteht darauf, den Sekt auszutrinken. Sie prostet einem Mann an der Bar zu, der sie ansieht. Sie nimmt ihre Tasche und ihr Glas und geht zu dem Mann.

Sie reden zusammen. Er sagt, Du riechst wunderbar. Er hat schimmernde rötliche Locken. Sie fragen einander aus, bis er seinen Auftritt hat. Er ist klein und hat einen Buckel. Er hat in affenähnlicher Aufmachung ein Mädchen zu vergewaltigen. Nach dem Auftritt kommt er zurück, und sie reden weiter, als ob sie nicht unterbrochen worden wären. Rosa wischt ihm den Schweiß von der Stirn. Später geht sie mit ihm weg.

Nun nennt sich Rosa Jeanette. Nach dem Auftritt der großen Mageren hat sie ihren Auftritt.
Sie steht allein auf der Bühne und hebt die Arme langsam über den Kopf, die plissierten Ärmel ihres Abendmantels entfalten sich, wie früher die Flügel der Engel auf den Philippchen. Das gefällt ihr. Sie trägt den Abendmantel gern auch privat. Sie muß auf den Trommelwirbel achten, weil sie sonst zu lange so stehen würde. Außer Trommelwirbel keine Musik, so ist es abgemacht. Sie hat sich zu fürchten, sie soll verbrannt werden, sie legt sich auf den Boden, sie fleht, windet und krümmt sich, nackt unter dem Mantel. Dann kommen zwei maskierte Burschen in schwarzen Trikots, zerren sie hoch und binden sie an einen Pfahl. Keine Musik, nur Trommeln. Sie windet und krümmt sich. Ein paar Leute kichern.
Plötzlich schwingt sich von einer Zwischendecke

ein Mann in einem feuerroten Samtanzug an einem Seil herunter. Er packt Jeanette, die Fesseln fallen, und die beiden fliegen hinauf auf die Zwischendecke. Die Leute lachen und klatschen. Dann kommen beide auf die Bühne. Langsam, eng umschlungen. Jean hat einen in der feuerroten Samtjacke durch Abnäher und Stoffzugaben herausgearbeiteten Buckel. Jeanette führt ihn an der rechten Hand. Seine linke Hand bedeckt die Augen. Jeanette ist größer als er. Er hat schimmernde rötliche Locken. Sie führt ihn in die Mitte der Bühne. Er setzt sich, die Bühne beginnt sich zu drehen. Er legt sich auf den Bauch, wegen des Buckels kann er nicht auf dem Rücken liegen. Keine Musik. Nur Trommeln. Und Schatten an der Wand.

Jeanette dreht und schiebt Jeans Körper. Sie macht mit ihm, was sie will. Wie sie es braucht. Ihre Hände greifen sicher zu. Sie ist ganz langsam. Sie lächelt. Mit leisem Kreischen teilt der Metallreißverschluß die Samthose, weiße Haut leuchtet auf. Sie kriecht über seinen Rücken zu seinem Kopf, streift mit ihrem Körper seine Samtjacke hoch und streichelt mit ihrem Körper seinen Buckel. Sie lieben sich auf der Bühne. Sie machen immer wieder was anderes. Sie wissen vorher nie so genau, was sie machen werden. Sie können machen, was sie wollen, das steht in ihrem Vertrag. Weil der Besitzer des Schuppens meinte, man brauche einen Titel für die Ansage, und weil Jean einen Buckel hat, kamen sie darauf, die Szene «Der Glöckner von Notre-Dame» zu nennen. Es wurde die Zwischendecke eingebaut und eine Vorrichtung konstruiert, mit der Jean und Jeanette am Seil hochgezogen werden können.

Rosa ist nicht mehr in ihre Wohnung zurückgekehrt. Die Einrichtung hat sie verschleudert. Um das Rundbett hat es ihr anfänglich ein wenig leid getan.
Für die von ihr unterschlagenen Wäschepakete hat Jean dem dicken jungen Chef ein paar Mark überwiesen und ein wenig gedroht. Wie erwartet, blieb eine Reaktion aus, und Jeanette durfte die Betten mit dem ägyptischen Muster beziehen.
Rosas Bankschulden zahlen sie langsam zurück. Jean und Jeanette wissen, daß sie mit ihrer Nummer ankommen. Sie wollen am Umsatz beteiligt werden. Der Besitzer wird sich hüten, das abzuschlagen. Sie sind die Attraktion.
Nach jedem Auftritt sitzen die beiden noch stundenlang fest umschlungen an der Bar, dann gehen sie zusammen nach Hause.

# *Ein gutes Ende muß man sich holen*

Sir Winston Lobster, der letzte einer hundertvierzigjährigen Schuhmacher-Dynastie, bringt mit zweien seiner ehemaligen Untergebenen, inzwischen erhoben zu gleichberechtigten Geschäftspartnern und Lebensgefährten, die Geschichte der Lobster zu Ende. Sie sind zwischen siebzig und fünfundachtzig. Lobster ist der Jüngste, ein Herr. Wenn er als ehemaliger Chef von dreihundert Angestellten, die verteilt waren über mehrere Werkstätten Londons, in früheres Machtgebaren zurückfällt, wird seine leise Stimme schneidend.

Robert ist zehn Jahre älter als Lobster und fünf Jahre jünger als Peter. Choleriker. Seine Reaktionen laufen oft nicht über den hemmenden Denkfilter. Er ist aufrichtig, fürchtet das Altsein, den Gedächtnisschwund.

Peter ist gern mal vulgär. Er ist der Älteste. Sein Part ist der des Schlichters. Über ihn wäre am

wenigsten zu sagen, säße er nicht im Rollstuhl. Er hat eine schöne tiefe Stimme. Er läßt Lobster und Robert immer erst kommen, ehe er sich einschaltet. Er ist vergeßlich, zum Beispiel vergißt er manchmal, warum am Haus die blaue Fahne weht, die ihm die Sicht auf die Fußgängerzone nimmt. Aber seine Vergeßlichkeit beunruhigt ihn nicht sonderlich. Er kann darüber lachen.
Nach wie vor findet er den Entschluß richtig, sich in den Rollstuhl gesetzt zu haben. Das ist wichtig, denn eine solche Entscheidung ist nicht mehr rückgängig zu machen, das hätten ihm Lobster und Robert nicht verziehen. Beide haben keinen Verdacht. Immerhin war Peter zu dem Zeitpunkt schon vierundachtzig Jahre. Mit seinem Rollstuhl ist er wieder schnell und wendig. Er kann Treppen auf- und absteigen, eine geheimnisvolle Hydraulik hebt den an ihn Gefesselten die Bücherregale hinauf bis zu Lobsters Pikanterien. Seitlich ausgeschwenkt läßt sich der Sitz in das Badewasser senken. Peter bleibt auf dem Sitz, wäscht sich und hievt sich wieder hinaus. Trocknet sich ab. Kleidet sich an. Allein. Lobster und Robert sind voll Respekt. Peter braucht viel Zeit für sich, aber die hat er ja. Das meiste macht er noch selber, vor allem die unangenehmen, die stinkenden Dinge unterhalb der Gürtellinie. Er hält auf sich. Er pflegt sich. Er weiß, was er seinen

Gefährten zumuten kann. So soll das auch bleiben. Für den Fall, daß sich sein Zustand zur Hilflosigkeit verschlechtern sollte, hat er vorgesorgt.

Vom Lobster-Imperium gibt es nur noch das, was man im Salon des Hauses Nummer acht, in der nicht zu feinen, lebendigen Fußgängerzone nahe der St. James-Station, sieht. Das milde Dämmerlicht zu dichter und selten gewaschener Gardinen paßt gut zu dem ochsenblutfarbenen Teppich, den gläsernen Vitrinen mit Urkunden, Auszeichnungen und Schuhleisten aus Mahagoni und anderen Edelhölzern. Schuhleisten von Zwergen- und Riesenfüßen, von der Queen Victoria, von Orson Welles, Gregory Peck, Edward VII, Enrico Caruso, eines Königs von Thailand… eines Maharadschas, eines Earl of Burma… In diesen Vitrinen ist die Hochachtung der Lobster vor dem Ungewöhnlichen überliefert. Vor den Kunst-Stücken aus 26 Knochen, 107 Bändern und 19 Muskeln… Es riecht nach Honig, weil in der Schuhwichse der Lobster Bienenwachs enthalten ist, der Rest bleibt Geheimnis. In Wahrheit haben sie das Rezept vergessen. Schuhsenkel, selbstgemacht. Leder ist ausgestellt, Antilopenleder, Leder vom Kälbchen.
Und im Souterrain die Archive von zwanzigtausend Schuhleisten, so steht es im Guide. Die

Behauptung ist gewagt, im Souterrain steht ein Heizkessel, denn im Alter fröstelt man leicht.
Das Dämmerlicht, der Geruch, der Teppich, das verstimmte Glockenspiel – so steht es im Guide.
Der Tourist greift zur Messingklinke und öffnet die Tür des Hauses Nummer acht, über dessen Eingang noch die blaue Fahne weht, die die Königin den Heroen englischer Qualitätshandarbeit verleiht.
Das besonders bei Tiefdruck verstimmte Glockenspiel hallt lange nach, wie es im Guide steht.
Die schönen Schusterbänke. Die drei schönen alten Männer mit den grünen Schurzen – die Schuster der Könige inszenieren sich selbst. Der im Rollstuhl ist Peter. Der mit dem wilden Blick ist Robert. Der große schmale Herr, der den Gaffern wie zufällig den Rücken zudreht, ist Lobster. Warum die Schurze, wird gefragt. Weil wir noch arbeiten, antwortet Peter. Wir wollen das so. Einen Chef gibt es nicht mehr, wir sind Partner, bis ans Ende unserer Tage.
Sie fertigen nur noch Schuhe für ihre ältesten Kunden. Sie fertigen in bester überlieferter Manier: dreihundertsechzig Stiche, alles Handarbeit. Aber sie brauchen immer länger. Peters Tagwerk ist vollbracht, wenn er auf einer Strecke von zwanzig Stichen Oberleder, Brandsohle und Rahmen auf ewig miteinander verbunden hat. Und

er wird sich in Zukunft das bißchen Arbeit noch besser einteilen, damit er nicht zu schnell fertig ist. Lobster hat das Schuhmachen nicht beherrscht, er hat ja geführt. Er hat es gelernt, als Peter und Robert es wollten. Nur so, hatten sie behauptet, sei ein partnerschaftliches und gedeihliches Zusammenleben möglich. Inzwischen ist Lobster begeisterter Schuhmacher. Die beiden tun so, als wüßten sie es nicht. Peter sagt, er werde sich in Zukunft sein bißchen Arbeit besser einteilen, damit Lobster maulen kann, Ich werde bald der einzige sein, der hier noch arbeitet. Nur heimlich freut Lobster sich über den Auftrag von Miß Miller. Sie plant am Ende ihres Lebens eine Schiffsreise, von der sie nicht mehr heimkehren will. In ihrem Gepäck sollen ihre letzten Lobster sein.

Die Wartezeiten auf Schuhe aus Lobsters Werkstatt sind inzwischen so lange, wie eine Schwangerschaft dauert. Die Schuhe kosten derzeit für Damen und Herren gleichermaßen 884 Pfund, das sind etwa zweitausendachthundert Deutsche Mark. Die Dezimierung der Kundschaft erfolgt auf natürlichem Wege: Es wird gestorben.
An neuen Kunden sind die drei nicht mehr interessiert. Obwohl auch ihnen der bürgerliche Geschmackswandel hin zum Edlen und Teuersten zu schaffen macht. Robert fällt es am leichte-

sten, Interessenten abzuwimmeln, er wird rabiat. Peter gelingt es auch verhältnismäßig rasch, vor allem, wenn er den Besucher nicht ausstehen kann. Lobster fällt es nach wie vor schwer, jemanden zu enttäuschen. Er liebt Zeremonien.

Ein junger Mann, herrisch sein Blick und sein Tonfall, verlangte «Sir Winston Lobster» zu sprechen. Lobster ließ sich nicht verleugnen, wie es Robert vorgeschlagen hatte. Er ging in den Salon. Sie? Sir Winston? mokierte sich der junge Mann. Überrascht? sagte Lobster. Enttäuscht, sagte der junge Mann. Sie tragen zwar eine Krawatte und ein weißes Hemd, aber den grünen Schurz der Schuhmacher.

Ich bin Schuhmacher, Lobsters leise Stimme wurde schneidend.

Man hat Sie mir empfohlen, Sie seien der Beste, sagte der junge Mann. Lobster blieb unbeeindruckt. Brav, Lobster, lobte Peter aus dem Hinterhalt.

Der junge Mann erzählte, wie er auf Lobster gekommen sei. In einem Hotel in Bangkok habe ein Geschäftsmann aus seinem Jackett einen Schuhputzlappen aus feinstem englischen Jersey gezogen, bedruckt mit *Sir Winston Lobster.* Und das Unglaubliche geschah, diesem Mann mit dem Schuhputzlappen von *Sir Winston Lobster* öffneten sich alle Türen.

Falls Sie diesen Putzlappen kaufen möchten, müßte ich Sie enttäuschen, sagte Lobster, den gibt es nur zu unseren Schuhen. Der junge Mann stellte klar, daß er zu dem Schuhputzlappen auch die Lobster wolle. Was glauben Sie wohl, warum ich selber komme, sagte er aufgebracht.
Oh, sie kommen alle selber, der König von Jordanien oder der Herr Flack von Rhein-Ruhr, wenn sie Lobster wollen. Sie kommen sogar zwei Mal, denn zwei Anproben sind unabdingbar.
Wie viele Paar müßte ich denn haben, fragte der junge Mann.
Wenn Sie hier, jetzt, tot umfallen würden, bräuchten Sie überhaupt keine Schuhe mehr, antwortete Lobster, entschuldigte sich aber gleich und zählte auf, wie viele Lobster er selber in seinen über siebzig Lebensjahren verbraucht habe. Dieses vierundzwanzigste wird wohl das letzte Paar bleiben, sagte er und betrachtete verzückt die matte Unauffälligkeit an seinen Füßen.
Lobster scheine nicht sehr versessen auf seinen Auftrag zu sein, sagte der junge Mann beleidigt und sah zur Tür. Mit der überraschenden Frage, wie viele Wohnsitze er habe, holte Lobster den jungen Mann noch einmal zurück. Wofür ist das wichtig, fragte er lauernd.
Der Herr Flack bestellte ein Dutzend Paar, für jeden Wohnsitz eines, erklärte Lobster.

Dann sagen wir – nehmen wir – sagen wir – vier Paar?
Lobster rief in den Schummer des Salons, Was kosten wir zur Zeit, Peter. Eintausend Pfund, log der. Plus Mehrwertsteuer. Der junge Mann sagte, Teuer, aber nicht unbezahlbar.
Und die unentbehrlichen Spanner dazu, rief Peter, ohne Spanner keine Lobster. Für hundertsiebenundsechzig Pfund zu haben. Und unser Spezialwachs. Hundert Gramm achtzig Pfund, sagte Lobster.
Der junge Mann sagte ätzend, Sie reden über Geld! Es geht in Bangkok die Legende, daß in diesem Hause das Thema Geld tabu ist.
Wir reden gern über Geld, rief Robert, sagen Sie das in Bangkok. Ich sehe nicht viel in diesem schummrigen Licht, aber was ich sehe, ist nicht viel. Ihr Vater kaufte im Laufe seines Lebens vier Geschäfte. Sie kauften noch mal zehn dazu. Sie beschäftigten zeitweise dreihundert Schuhmacher. Was ist passiert? Kein Nachfolger in Sicht? Kein Interessent? Schlecht gewirtschaftet? Verkauft?
Verschenkt, sagte Lobster. Sie scherzen, japste der junge Mann. Lobster scherzt nie, rief Robert. Wer Schuhe erschafft, wie Sie, anstatt sie zu fabrizieren, muß wohl mit einem solchen Ende rechnen.

Lobster wandte sich gerührt an Robert und Peter: Er zerbricht sich unseren Kopf.
Dann dürfte mein Auftrag ja nicht ungelegen kommen, meinte der junge Mann, also vier Paar. Gemischt. Und die Mischung bestimmen Sie.
Lobster, enttäuscht: So sagte das auch Herr Flack: Und die Mischung bestimmen natürlich Sie. Könige waren uns lieber, die haben jedes Paar neu bestimmt, das Leder befühlt, die Farbe gewählt…
Sie würden keine Könige mehr brauchen, wenn Sie die Zeichen der Zeit erkennen würden: Weltbürger, die zum Teuersten und Feinsten drängen.
Lobster entschuldigte sich, daß er nicht schon eher auf die Lieferfristen zu sprechen gekommen sei, die müsse der junge Mann unbedingt kennen, die seien zur Zeit länger als eine Schwangerschaft.
Das könne man doch ändern, lachte der junge Mann.
Lobster zeigte seine Verwunderung: Das ist ein Mißverständnis. Schluß, Ende, schieb ihn ab, rüpelte Robert aus dem Hintergrund. Lobster blieb höflich: Wir bestehen auf unseren Lieferzeiten. Wir arbeiten langsam, manchmal gar nicht. Wenn die Sonne scheint zum Beispiel. Sehen Sie sich die beiden Halunken da hinten an. Die trinken Tee. Lesen Zeitung. Sehen aus dem Fenster. Spitzen die Ohren, ob ich das richtige zu Ihnen

sage. Ob ich nicht zu freundlich zu Ihnen bin. Die sehen gar nicht gern, daß ich hier mit Ihnen schwätze. Ich würde Ihnen aber gern noch die Geschichte von dem Mann aus Wien... Nur diese noch, bitte, Peter, bitte, Robert! Die von dem Makler aus Wien: Er hat fünf Jahre! fünf Jahre! auf seine Lobster gewartet. Weil er die zweite Anprobe immer hinausschob. Er bekam sie, Ehrensache, zum alten Preis.
Das muß jedes Unternehmen ruinieren, sagte der junge Mann und machte einen Schritt auf die Tür zu.
Wir sind nicht ruiniert, sagte Lobster und lehnte sich gegen die Tür, entschuldigen Sie, wenn ich das nicht deutlich gemacht habe. Wir haben unseren Kundenstamm, wir kennen oder kannten jeden Kunden persönlich. Wir haben ihn wenigstens zwei Mal gesehen. Unser Kundenstamm verkleinert sich auf natürliche Weise. Ausschließlich durch Tod. Als nächste wird uns Miß Miller verlassen. Und ich bin mit ihrem letzten Auftrag befaßt. Deswegen könnte ich mir eigentlich auch nicht leisten, mit Ihnen zu plaudern. Was uns zu schaffen macht... Peter rief, Mach ein Ende, schmeiß ihn raus... Was uns zu schaffen macht, sagte Lobster, ist die steigende Lebenserwartung der Menschheit im allgemeinen und unserer Kunden im besonderen. In diesem Jahr sind keine

zwei Kunden gestorben. Dann denken wir manchmal, wir haben uns vielleicht doch zu viel zugemutet... Warum erzähle ich Ihnen das? grübelte er. Vielleicht damit Ihnen klar wird, daß uns Ihr Auftrag nicht interessiert? Sie haben außerdem so viel falsch gemacht. Wissen Sie, daß unsere Lobster monatelang eingecremt und gewichst, bespuckt und gewichst werden, monatelang, jeden Tag! Und auf unseren ochsenblutfarbenen Teppichen hier im Salon eingelaufen werden! Stundenweise! Von ausgewählten Damen und Herren. Sie kriegen keine Lobster. Das ist nichts für Sie. Nehmen Sie etwas Ostentatives. Das schönste und teuerste Angebot der Saison. Lobster gab die Tür wieder frei. Fast tut es mir leid, sagte er. Nicht Sie, aber Ihre Füße hätten Lobster dringend nötig gehabt. Ein etwas lädiertes Fersenbein. Skiunfall? Das Standbein ist ebenfalls betroffen... Nicht wahr, Sie haben ein leichtes Ziehen in der Achillessehne?
Schluß, schrie Robert. Lobster öffnete dem jungen Mann die Tür: Also, zum Teufel mit Ihnen.

Lobster ist unterwegs, wegen seines Lasters, das er mit Einkäufen und Besorgungen bemäntelt. Peter und Robert sind unruhig, aber das verschweigen sie einander. Peter hat sein Tagwerk vollbracht und schaut aus dem Fenster. Er

schlürft seinen Tee. Robert macht noch die letzten Stiche. Peter erzählt Robert, was er draußen sieht. Zum Beispiel, daß da ein Mann ohne Schuhe steht. Robert interessiert das nicht.
Peter hat Lust auf Zitronenkuchen. Robert auch. Und warum gibt es keinen, fragt Peter. Heute ist Donnerstag, sagt Robert und wartet. Weil Peter nicht reagiert, fügt er hinzu, Es gibt nur freitags Zitronenkuchen. Warum, fragt Peter. Das weiß Robert auch nicht mehr. Er weiß nur noch, daß es gemeinsam beschlossen wurde. Vielleicht, weil sie sich auf den Freitag freuen wollten.
Peter meint, es sei an der Zeit, Entscheidungen rückgängig zu machen, wenn man erkannt habe, daß sie einem nicht mehr nützen. Es muß dann Zitronenkuchen geben, wenn man Appetit auf ihn hat, schließlich kann jeder Tag unser letzter sein, sagt er. Robert meint, dazu müsse auch Lobster befragt werden. Peter erklärt ihm, wenn sie beide immer dann Zitronenkuchen wollten, wenn sie ihn mögen, könnten sie das mehrheitlich beschließen.

Draußen steht immer noch der Mann ohne Schuhe. Wer hat sie ihm ausgezogen. Eine Frau? Seine Frau? Wird sie ihm andere Schuhe bringen? Hat sie sie ihm ausgezogen, um zu verhindern, daß er davonläuft? Läuft man nicht ohne

Schuhe davon? Was ist, wenn sie nicht wiederkommt? Dann holen wir ihn ins Haus, sagt Peter, und verpassen ihm ein Paar Lobster. Dann haben wir endlich mal eine Geschichte beeinflußt. Wir können das machen, wir brauchen Lobster nicht zu fragen.
Sobald der Mann ohne Schuhe auch nur einen Schritt nach rechts macht, verschwindet er hinter der blauen Fahne. Die Fahne muß weg. Was soll sie überhaupt da, sagt Peter.
Du weißt es wirklich nicht, Peter?
Nimm sie ab, Robert. Ich bitte dich. Ich muß wissen, wie die Geschichte ausgeht. Es gibt so viele unbeendete Geschichten in meinem Leben.

Später liest Peter aus der Zeitung vor. Die Meuterei im Strangeways-Gefängnis weite sich auf alle Haftanstalten im Lande aus. Es wurde 1868 für 970 Häftlinge gebaut – heute vegetieren in dieser Festung 1625 Gefangene, oft zu zweit oder zu dritt in einer Einzelzelle: Mörder, Schuldenmacher, Rauschgifthändler, Kinderschänder, Alkoholiker. Alle zusammengepfercht. Nichts hat sich geändert.
Ja, wenn wir gegenüber wohnen würden, sagt Robert, dann hättest du mir beschreiben können, wie die Meuterer das Gefängnisdach abdecken. Wie sie ihre Geiseln an den Dachfirst fesseln und

den Reportern Interviews geben, die Stunde für fünfzig Pfund. Großbritannien ist das am stärksten auf Haftstrafen eingestellte Land in Westeuropa, liest Peter.
Weswegen saßen wir? fragt Robert. Wegen Schulden?
Seit Jahren wollen sie es Lobster erzählen.
Sie helfen einander durch die Gegenwart, durch manchmal schwer lastende Tage und Entdeckungen. Sie wollen endlich anfangen, ihre Geheimnisse zu erzählen, beschließen sie. Aber erst muß Lobster heimkommen.
Peter schlürft seinen Tee, er schlürft immer. Robert regt das nicht auf. Aber manchmal Lobster. Er kann das Peter inzwischen aber sagen.
Lobster und Robert schikanieren einander. Peter macht da nicht mit. Zum Beispiel zögert Lobster hinaus, für braunen Zucker zu sorgen. Für Robert ist brauner Zucker aber lebenswichtig. Das hängt mit seiner Kindheit zusammen. Zum Niedergang der Familie gehörte auch, daß kein brauner Zucker mehr im Haus war. Robert hat Lobster und Peter von seinem Vater erzählt. Wißt ihr, wie man sich anhört, wenn man gegen die Wand geworfen wird? Nicht mal Peter weiß das. Du bist ein großer nasser Lappen, der mit Wucht gegen die Wand geschlagen wird. Du hoffst, gleich ist es es vorbei, gleich bist du tot.

Du bist aber nicht tot. Du weißt, wenn du jetzt einen einzigen Fehler machst, geht es weiter und wird schlimmer. Also heulst du nicht mal.
Robert kann brüllen, wie sein Vater. Das erschüttert Lobster immer wieder. Wo lernt man den Ton, fragt er außer sich, im Knast? Statt einer Antwort blinzelt Robert ihm zu. Ein einziges Mal nur diesen Ton mir gegenüber, als ich noch dein Chef war, sagt Lobster, und ich hätte dich entlassen.
Es war ja nicht nur schrecklich bei uns zu Hause, sagt Robert. Es war auch schön. Und lustig. Wenn der Alte aus dem Knast war. Arbeit hatte. Brauner Zucker im Haus war. Tee. Die Bude warm. Das gehörte alles zusammen. Weihnachten und Shrimps. Die paar friedlichen Minuten seiner Kindheit.

Peter und Robert lesen jeden Morgen die Zeitung und kommentieren alles respektlos. Lobster hat damit Probleme. In seinem Elternhaus war es nicht üblich, Herrschende zu kritisieren.
Kennt ihr den Unterschied zwischen einem Major und einer Zwiebel? sagte Robert.
Schweigen.
Wenn man eine Zwiebel zerhackt, weint man.
Dafür könnte ich dich… Lobsters leise Stimme war schneidend. Früher hätte das keiner in meiner Gegenwart sagen dürfen.

Ob der Mister, der heute das Land regiert, die Macht weniger liebt als die Eiserne Lady? fragt Robert. Man sollte denen die Macht geben, die sie nicht lieben.
Das gefällt Lobster. Er gibt aber zu bedenken, daß man lernen könne, die Macht zu lieben. Er habe das an sich selbst gespürt, mit den Jahren sei die Liebe zur Macht in ihm gewachsen. Es fällt ihm nicht leicht, das zu sagen.
Robert gesteht leichter als Lobster. Peter gesteht überhaupt nichts. Er hat Probleme anderer Art. Daß er den Faden nicht zu kurz schneidet. Für die dreihundertsechzig Nadelstiche. Eine einzige durchgehende Naht aus dreihundertsechzig Nadelstichen, die Oberleder, Brandsohle und Rahmen miteinander verbinden. Und den wievielten Stich hat er eben gemacht, den dreiundachtzigsten oder den vierundachtzigsten? Er beschließt für sich, eine Strichliste anzulegen. Robert und Lobster brauchen das noch nicht zu wissen. Sie werden davon profitieren, wenn es mit ihnen soweit ist.
Vor fünf Jahren wollte Peter das Haus nicht mehr verlassen. Jetzt ist es bei Robert so weit. Irgendwann wird es Lobster erwischen. Das kann Peter denken, ohne daß er in Panik ausbricht.
Beruhigen tut sich jeder, wenn er nur alt genug werden darf, ich finde es fürchterlich, sagt Robert.

Die Fremdenführerin, die zuständig ist für das 19. Jahrhundert, führt eine Gruppe vor den Schuhsalon, damit die Touristen erfahren, wie es war, als britische Kolonialherren noch nicht ihren Rückzug angetreten hatten, wie es war, als Maharadschas, Könige und Vizekönige hier ein- und ausgingen. Für Geschichte ist Peter zuständig. Er stellt seinen Rollstuhl zwischen Salon und Eingangstür, das Glockenspiel ertönt unentwegt, und beginnt: Es betrat ein Mann unseren Salon, afrikanischer Teint, tadellose Manieren. Er kannte sich aus. Er befühlte das samtweiche Leder. Er wußte, das ist Antilope, das ist vom Kalb... Er bestellte zwanzig Paar Lobster nach Maß. Und über jedes Paar wurde einzeln entschieden: Welches Leder, welche Farben. Was für ein Sachverstand. Es war ein Genuß, für den Mann zu arbeiten. Er hatte ungewöhnliche Füße, für einen so großen Mann sehr zart. An seinen Füßen würden wir ihn wiedererkennen. Kein Fuß ist wie der andere. Nicht einmal unter lauter linken Füßen würde man einen finden, der zum anderen paßt. Der Mann aus Afrika sagte, die Schuhe seien sehr wichtig für ihn, denn er werde demnächst König.
Üblich ist, daß unsere Kunden zu einer zweiten Anprobe kommen. Aber wir hörten nichts mehr. Wir glaubten schon, betrogen worden zu sein. Da

erhielten wir eine Einladung aus einem fernen kleinen Land. Von dem dunklen Mann, der inzwischen König geworden war. Er lud uns samt unseren Schusterbänken und unserem gesamten Handwerkszeug in sein Königreich ein. Nach Afrika. Die Reise war beschwerlich. Ich meine mich zu erinnern, daß es Monate waren, es können aber auch nur Wochen gewesen sein. Oh, das dürfen Sie mich nicht fragen. War es im Osten Afrikas? Hieß es Kenia. Uganda. Sansibar...
Erworben, korrigiert Lobster mit leiser, aber tragender Stimme einen Zwischenrufer. Erworben, sagen wir Engländer fein. Kolonien wurden erworben. Von 1806 bis 1814 brauchten die Engländer, um das Kapland zu erwerben. Von den Holländern, wie wir ja wissen. Von dort aus erwarben die Engländer Natal, das Kaffernland, Betschuanaland, Rhodesien...
Lobster und Robert finden, Peter hat das wieder einmal wunderbar gemacht: Ein düsteres Kapitel der Lobster-Geschichte einfach kraft Imagination zum Guten gewendet. Denn der dunkle Mann aus Afrika hatte die Firma auf zwanzig Paar Schuhen sitzen lassen – ein Schaden von seinerzeit achtzehntausend Pfund...
Robert fragt, Haben wir das Essen vertragen? Überhaupt: Was gab es dort zu essen!
Peter sagt, Langsam, langsam, erst müssen wir

entscheiden, wo wir gewesen sind. Dann entscheiden wir, welche Route wir genommen haben … Euch beide brauche ich wohl nicht zu fragen, wo wir gewesen sind. War es Sansibar? War es Pemba? Und nahmen wir den nächsten Weg? Ich erinnere mich, ich war zu Anfang sehr ängstlich. Ich staune noch heute, sagt Lobster, keiner von uns wurde krank. Bis auf den König sprachen alle ein sehr schwer verständliches Englisch …

Robert macht sich immer früher Sorgen um Lobster. Nun schon nach einer Stunde: Wo er nur bleibt.
Wahrscheinlich traut er sich nicht nach Hause ohne braunen Zucker, sagt Peter. Früher hätte Robert heftig reagiert: Das glaubst du doch selber nicht, du weißt, daß Lobster mich damit schikaniert … Aber heute blinzelt er vorsorglich erst zu Peter hinüber, der am Fenster sitzt und sein Gesicht in die Sonne hält. Wahrhaftig, Peters Gesicht ist ohne Spott. Lobster ist ein Transvestit, sagt er ernst.
Robert geht nicht darauf ein, so beunruhigend sich das auch anhört.
Eine Tunte, sagt Peter.
Robert reibt voll Unbehagen seine Schenkel. Mir ist kühl, behauptet er, ab heute abend wird geheizt.

Er weiß das schon lange. Er hat eines Tages Lobster in eine Damentoilette der National Gallery verschwinden und nicht wieder herauskommen sehen. Ich war ja so blöde, sagt er, nichts habe ich kapiert.
Wo er seine Fummel versteckt hat, weiß Peter auch nicht. Vielleicht in einem Schließfach? Jedenfalls nicht im Haus.
Ich habe gedacht, sagt Robert, es kann alles so bleiben, Lobster zieht uns nicht rein, und wir halten uns raus. Aber jetzt… Das Make-up auf seinen Handrücken nimmt Robert ihm übel.
Ach was. Das machen viele alte Fobs, sagt Peter. Aber daß er sich immer schlechter abschminkt…
Wenn ihm was passiert ist. Er ist so teuer ausstaffiert, sagt Robert und läuft hierhin und dorthin: Matchbeutel vom Elch. Lederweste. Gabardinehose. Und alles in Dunkelblau. Er ist erpreßbar. Er ist Brillenträger. Er wird niedergeschlagen. Nachts. Im Park. Keiner findet ihn. Er hat immer zu viel Geld bei sich. Er ist höflich. Er kann nicht schreien. Er kann nicht zurückschlagen. Er kann nicht mal wegrennen.
Bisher ist es doch gutgegangen, tröstet Peter.
Robert serviert Peter Tee, rückt dessen Füße auf den Stahlplatten des Rollstuhls zurecht, zieht das Kissen in Peters Rücken höher, legt eine Haarsträhne hinter Peters Ohr – alles Routine, freund-

liche Handgriffe, unabhängig vom Zustand der Seele. Lobster wird wieder keinen braunen Zukker mitbringen, sagt er niedergeschlagen. Er wird behaupten, es vergessen zu haben. Aber er will nur wieder mal Chef spielen.
Gib ihm Zeit. Er hat schon viel gelernt. Wie soll einer von heute auf morgen vergessen, was er vierzig Jahre lang mit Leidenschaft gewesen ist.
Robert lamentiert, Jetzt sind wir auf Lobster angewiesen, jetzt kann auch ich nicht mehr aus dem Haus. Du willst nicht mehr, stellt Peter richtig. Du mußt ja nicht, wenn du nicht willst. Nicht mehr wollen ist soviel wie nicht mehr können. Und mit Fünfundsiebzig wirst du das wohl dürfen. Lobster ist der Jüngste. Gesund ist er auch. Er liebt es nun mal, Abhängige um sich zu versammeln. Das wissen wir doch. Sein zweites geheimes Laster. Hat er nicht jahrzehntelang den Laden geschmissen? Dreihundert Abhängige, dreihundert Schuhmacher hat er durchs Berufsleben gebracht. Wir brauchen uns um unsere Zukunft keine Sorgen zu machen. Wenn auch Lobster nicht mehr kann, werden wir dafür bezahlen können, daß man uns pflegt.

Es gibt Zitronenkuchen, obwohl Donnerstag ist. Lobster wundert sich, aber Peter erklärt ihm, Es war ein mehrheitlicher Beschluß. Robert läßt

Wasser in die Teekanne prasseln, er bringt Lobster eine Tasse mit. Es kommt alles zusammen, mault er, geschenkter Tee. Aus Afrika. Haben wir das nötig? Und kein brauner Zucker im Haus.
Aber Lobster hat braunen Zucker mitgebracht.
Was machst du in der Tate Gallery eigentlich immer, fragt Peter.
Was alle Engländer da machen, sagt Lobster beunruhigt.
Robert hat nichts kapiert. Und Peter erklärt es ihm: Wenn ein Engländer in die National Gallery und in die Tate Gallery geht, dann will er den Engländer William Turner sehen. Malt er nicht wunderbar!
Mich darfst du nicht fragen, ich habe noch keinen einzigen Turner gesehen, sagt Robert.
Der Whisky ist zimmerwarm. Es gibt Tee und Zitronenkuchen. Die blaue Fahne verdeckt nicht mehr die Sicht nach draußen.
Peter liest aus der *Tribune* die Forderungen der Häftlinge vor.
Was haben Häftlinge schon zu fordern… sagt Lobster.
Dafür hätte ich dir früher in die Fresse getreten, sagt Robert.
Jeden Morgen der slopping out… liest Peter.
Woher soll Lobster wissen, was slopping out ist, sagt Robert, erklär es ihm.

Die Zellentüren werden aufgeschlossen, die Gefangenen treten heraus, in der Hand den Fäkalieneimer. Häufig sind die Eimer so voll, daß der Inhalt beim Marsch zum Ausguß überschwappt und durch die Gitterböden auf die Köpfe der Eimerträger unter einem tropft. Die Wände und Zellenfenster sind mit Exkrementen beschmiert, überall auf den Gängen liegen in Stoff und Papier gewickelte Päckchen mit Exkrementen herum, letzte Form des Protests, schreibt die *Tribune.* Wer in den vierziger Jahren dort eingesessen hat, wird schaudernd feststellen, daß sich bis heute nichts geändert hat...

Lobster sagt entgeistert, Ihr wart im Gefängnis.

Vielleicht haben wir ihn unterschätzt? sagt Peter zu Robert. Vielleicht hast er es gewußt und nichts gesagt?

Ich wußte es nicht, sagt Lobster.

Aber wenn er es gewußt hätte, hätte er uns bestimmt eine Chance gegeben, sagt Robert zu Peter.

Und Lobster ist dankbar dafür, daß Robert ihm das zutraut.

Manchmal servierte man uns Tee mit Pisse. Du wirst das nicht wissen, sagt Robert zu Lobster, Pisse ist leichter als Wasser und schwimmt oben, wie Öl.

Peter wischt Lobster Schminkereste aus dem

Gesicht: Hast du noch mehr Geheimnisse vor uns?
Lobster sagt, Ich denke schon. Jeder Mensch braucht Geheimnisse.
Fragt sich nur, wie lange, sagt Peter. Wir dachten, wir könnten doch jetzt anfangen, uns unsere Geheimnisse zu erzählen. Unsere geheimsten schlimmsten Geheimnisse. Unsere geheimsten schlimmsten Träume. Unsere Wünsche. Das Geheimste, das Schlimmste.
Lobster ist interessiert. Gleich heute? Gleich jetzt? Und er hat auch schon eine Idee …

# *Inhalt*